中国少数民族文学发展工程
出版扶持专项丛书

乌苏里船歌

（赫哲族）孙玉民／著

作家出版社

孙玉民 （孙木恩·玉民），赫哲族，作家。中国作家协会会员，鲁迅文学院第十二届中青年作家高级研讨班（少数民族作家班）学员。

中国少数民族作家学会会员、中国民间文艺家协会会员、中国赫哲族工艺品协会主席、国家民族画院特聘画家，黑龙江省书法家协会会员，同江市摄影家协会副主席，黑龙江省第十二届劳动模范、佳木斯市第十六届人大代表，同江市第九届政协委员。

1983年开始发表文学作品，散见于《人民日报》《光明日报》《文艺报》《中国民族报》《民族文学》《北方文学》等报刊。

作品曾荣获国家级和省级多项大奖。著有散文集《碧绿的明冰》、诗集《赫哲人献给你一束花》、专著《中国赫哲族》、中短篇小说集《乌苏里船歌》等。

散文《山水间摇来一个渔船上的民族》入选《2009年中国散文精选》，小说《乌苏里船歌》入选《龙江当代文学大系》（小说卷）。散文《心愿》全文被选入鸡西市中学生考试题。

鱼皮画发明者。

作者近照

目 录

乌
苏
里
船
歌

一

　　深夜，我在钓鱼台宾馆的房间里正整理着几天来采访的笔记。忽听有人敲门，深更半夜的，谁呢？一问，原来是我新结识的好朋友，赫哲族姑娘依尔娜。

　　"珊珊，你不是和我说过你要到乌苏里江去体验生活吗？今天夜里去乌苏里江捕大马哈鱼的船队就要出发了。"依尔娜一进屋就急着对我说，"你要愿意去，我叫人把你捎上！"

　　早在儿时，我就从电影里看到赫哲族渔民在乌苏里江同旧沙皇、新苏修英勇斗争的迷人故事。而今，尤其是读了莫日根的小说《蓝色的乌苏里江》，我对那神奇而富于魅力的地方更加神往，亲眼看一看的强烈欲望使我再也无法按捺了。没来前，我和我大学时的同学、现在的未婚夫阿贵约好，他先到乌苏里江贩大马哈鱼，在乌苏镇等我。之后，我们再一同返回。谁知，来到这里竟被暴涨的大水困住了，通往各处的公路也被大水淹没了。真是天无绝人之路，眼下我何不坐渔船到我的未婚夫身边呢！对，到乌苏镇玩上几天，然后再到捕鱼滩地进行采访，这是多么好的机会呀！我急忙把随身带的东西装进旅行袋里，二话没说就跟着依尔娜跑出来。

河沿的渔船发动了机器，发动机声像炒爆豆一样"噼里啪啦"响着，岸上送行的人们黑糊糊一大片，有的跑来跑去，有的一一话别，还有的往船上搬东西，好不热闹。依尔娜领着我深一脚浅一脚地摸到了一只带篷的渔船附近。

"艾稀特，把我的好朋友带上，她要到乌苏镇去。"依尔娜指着我对岸上的一个小伙子说。

嘿嘿！这位渔民叫"艾稀特"（几天来对赫哲族老人的采访中，我知道这是赫哲语，意为乖孩子），多有意思的名字。

皎洁的月光下可以看出这位赫哲族渔民艾稀特是个身强力壮的小伙子。他头戴棉军帽，身着军大衣，一副远征的打扮。他走过来把我打量了一番，便回头对依尔娜说：

"嗨！你捎的人原来是个大姑娘呀！这一身穿得也太单薄了，深秋乍寒的不冻成'刨花'才怪哩！要是换成个小伙子，实在不行我还可以抱在怀里暖和暖和，可她是个大姑娘，你叫我怎么办呢？"

哼！真是个没皮没脸的，跟他的名字一样乖气的东西！

"你别胡说八道。"依尔娜压低嗓门，"人家是记者！"

"记者就不是姑娘了？明说吧，你们这些梳'马尾巴'的不抗冻，到时候哭叫起来我可是不哄哟！"

"少啰嗦，你懂啥，人家穿的是城里新时兴的羽绒服，既轻便又暖和，你连听都没听说过。"接着她用命令的口吻说，"人家可是带着特殊使命去采访的，路上你可要小心关照啊，不然小心人家回去给你登报！"依尔娜说着往我跟前凑了凑，"你别在乎。他这个人刺刺嘴，豆腐心，你尽管放心好啦。"然后转身对艾稀特说，"行啦，你领她上船吧！"

这时，大部分渔船的船尾吐着浓浓的黑烟像虾一样灵巧地倒出去了。

"沿边水太浅，船拢不靠岸，你又没有穿水靴，来吧，还是我把你抱上去吧！"

让一个大小伙子抱来抱去的多不好意思。可是，坐这样长不过三丈、宽多说二米的机动渔船还是有生以来第一次，面对冰凉刺骨的秋水我竟不知所措。

艾稀特好像猜中了我的困窘，又重复了一遍：

"来吧，还是我抱你上船吧！"那语气比原来温和多了。

我默许了。我无法拒绝他的帮助，只等着他来抱我上去。可谁知，他的动作粗鲁得很，只见他走到我身前，像抱小孩似的把我举过头顶，放到高高的船头上。可他的手却不偏不倚正好落到我胸部那块姑娘家圣洁的禁区上掐得我生疼。说句实话，我的这块禁区连我那热恋着的阿贵都没有触碰过。只是不知道这个艾稀特是出于无意，还是趁机占便宜。总而言之这个赫哲人是粗野的，一路上我得严加防范才是！不然……

船上的渔民告别亲人启程。那有节奏的机器声震破了秋夜的寂静。如水的月光下，镜面似的河面被二十多只渔船犁过。立刻变得波连浪涌，此起彼伏，使倒映在水面上的星空摇摇荡荡，朦朦胧胧。卡机的轰鸣声像开了锅的爆豆"噼噼啪啪"地响着，手电光柱在河面上晃来晃去，只只渔船燕飞似的争先恐后，很是热闹。

刚到这里的几天前，这个河床还很深，两旁的柳树还婆婆娑娑地展露着树梢，放眼望去，白茫茫无边无际。渔船在这样盈满的河面上可怜得如一片柳叶。好大的水呀，我心里不由涌起一阵阵的恐怖。

> 将那一刀削就的"烤叉"①哟
>
> 捧在阿玛哈②的胸前
>
> 那人人羡慕的姑娘哟
>
> 走进了我的新房……

卡在船尾的挂机与坐在后舱盖上掌舵的艾稀特几乎一般高。他坐在左侧，右手握着舵杆驾驶着高昂着船头的渔船。瞧他那得意样，快活得像条鲫鱼。他那机器声伴奏的男高音颤颤巍巍的。活见鬼！他为什么要唱这么一首歌？莫非是用情歌来挑逗我？哼！想在我身上打主意，妄想！我可不吃那一套……

船队驶出了莲花河，此时，象征着这个渔村的天然钓鱼台便向我们推移而来，黑糊糊的愈来愈高大。船队在钓鱼台下湍急的水流中驶入了浩淼东去的黑龙江，顺流而下。江面很宽

---

① 烤叉：赫哲人择婿的方式，即那个小伙子一刀就能削出一半鱼条的烤叉，那他就会被（未来的）岳父看中。

② 阿玛哈：赫哲语为岳父。

阔，北岸是俄罗斯的草原，南岸是沿江而卧的山脉。过了额图村，山脉就到了尽头。

"你冷不冷？冷的话就进船篷里去，里面暖和。"艾稀特唱完一支歌对我说。

说实在的，虽然我穿着羽绒服，脚却有点冷，但我想到每只捕渔船都是两人（一个人是无法捕鱼的），此刻的船篷里肯定睡着他的伙计，我一个姑娘家怎么可能和男人待在一个篷里呢，这个刺鬼又想戏耍我，于是我说："不冷的。"

"那好。"他嘻嘻笑着，"你到我身边来坐，咱们好相互解解闷！"他的声音挺高，大概怕被轰鸣的机器声淹没。

听他那话，简直是个无赖，他是不是又想找机会占便宜？（姑娘家圣洁的禁区可不许再度受到侵犯！）但转念一想，他不敢！篷里还有一个人呢！如果他真的那样我就喊，看他的脸面往哪放。眼下我也感到很寂寞，也许说说话会忘记寒冷，再说机器声噪音大，离远了也听不清楚。于是，我怯怯地挨着他的右侧坐下来。

"知道吗，船队为什么黑夜走？"他说话带着的温热气息几乎撩起我的鬓发，"到乌苏里江捕大马哈鱼可不是件容易事，一路得走一千多里，经过额图、勤得利、八岔、抚远、乌苏镇抓吉。从我们这儿到勤得利农场是闭了眼都能行船的，但一到八岔附近就不同了，那里支流繁多，七汊八汊就把你弄迷糊了。所以，这段黑夜走，那段就赶在白天了。"

没想到，黑天行船还有它的道理。

"你不是就想体验生活吗？嘻嘻！"他有几分得意地笑笑，

"你别认为像在城里逛商店一样好玩，不是吓唬你，这可不同陆地，船上船下是两个不同的世界，一举一动都得加小心！再说水上的生活也不自由，你们姑娘家不同我们男的，有什么要求和不方便的事你只管说，别不好意思！"

清冷的秋夜，空气像凝固似的变得有棱有刃，令裸露的脸颊阵阵刺痛。白天和黑夜仿佛就是夏天和冬天一样有差别。天冷尿多，我的下腹部早已鼓胀难熬，只是羞于启齿，既然他这样有心暗示，我就鼓起勇气来。

"那么，就请你把船靠岸！"

可是，我的话一出口，连我自己都觉得可笑。渔船在江心上行进，四下里望去都是白茫茫一片，靠岸谈何容易？

听我这么一说，他明白了我的意思，立时收了油门，随之高昂的船头落下来，他摘挡熄火。

"有事到船尾，抓住舵杆！"他关切地说着就钻入船篷里，放下小木门。

此时，几只渔船从我们船的左右侧疾驶而过，我们的船落在船队后面。

我为难极了，明晃晃的月光下，在一个素昧平生的小伙子跟前例行"公事"实在是不体面且又难堪的事。我不知所措地犹豫着，十分尴尬。

望着渐渐远去的船队，我的心一横，什么都不怕了……

我的脸颊一阵灼热，咳，做女人真难。

我又坐到原位上，他把军大衣脱给我，执意让我穿上。穿就穿，我把它穿在身上依旧坐在他的侧旁。此时他加大油门向前追赶。

"你叫什么珊珊吧？哦，听说你在省城当报社的记者，混得怎样？几年了？"

土老帽总是这样，问一些他根本不该知道的事情，我实在不愿意回答他，但又似乎不行。

"半年。"

我心里一阵好笑，我俩似乎调了个，他倒采访起我来了，还居高临下。

二

我们赶上了船队，此刻，天已亮了。

原来，艾稀特还挺英俊哩，两道浓淡相宜的眉毛衬着双大眼睛，一张略稚气的圆脸冻得红扑扑的，散发着青春的活力。此刻，他又咧开嘴唱起来：

　　忙莫——
　　没有云彩的月夜啊
　　比白昼还要晴朗哟
　　冰凌花的心底哟
　　比江水还要清澈哟
　　……

他唱的这支民歌就是与藏族的"格萨尔"相媲美的著名的赫哲族说唱——依玛堪①。他的音质洪亮，宽广，而且唱得既婉转又动情。看来，艾稀特倒是一个继承依玛堪的好歌手呢。

"喂！我亲爱的记者美人！清晨的寒冷你体验得怎样啊？你的那双眸子也好像冻僵了似的！快啦。再有十多里就到八岔了。"他不知我在遐想，却认为我是冻的呢。

这个艾稀特，看模样觉得还不错，就是语言不经过加工就急着从嘴里飞出来。听他说的那个话，真不害臊！让船篷里的那个人听见了像什么话！我不由透过蒙着透明塑料布的小窗向里看去——嗬！哪有什么人，只见里面铺着狍皮和上面的一捆行李。这么说，行了半夜，这只船上只有我们二人！真可怕。他……假如他起了歹心……那后果简直不堪设想。依尔娜姑娘也是，为什么不说清楚呢？要是早知如此，何必动身！可是，路还这么远……一旦有个三长两短，我就去法院告。不！那我这个记者就完了，还会带来不可洗刷的坏名声，到那时，当我的阿贵知道了……"呜——呜——"突然，两声汽笛打断了我的胡思乱想。我抬头一看，原来我们已经到了八岔村，一片两层楼的楼群附近泊着一艘大拖船。

大水漫进了村里，幸亏国家照顾赫哲族，家家都住上了楼房，不然都得逃之夭夭。人们各自奔向了自己的亲朋好友。艾稀特将船开进了一家小楼下面，拢好船。门都没敲一下就闯进了人家屋里，好像他就是这家主人似的。

---

① 依玛堪：赫哲族说唱形式。

"大清早地破门进来，我还以为是强盗呢，原来是艾稀特呀！一路顺风吧！"正要生火做饭的一位年轻女人急忙跟我们打招呼。

　　"怎么，才做饭哪？俗话说天气冷尿多，肚子饿尿多。你别啰嗦了。我们都饿了。喂，你好，当家的去哪啦？"艾稀特这个人有点粗野，他的问候近乎是骂人。

　　这位年轻的赫哲女人见我穿得不多，赶快把我让上了炕头。

　　"这位姑娘是城里的记者，我们依尔娜的好朋友，名字叫珊珊。"艾稀特正儿八经地把我向赫哲女人介绍了一通。

　　饭做好了，赫哲女人端上金红晶亮的大马哈鱼子、煎大马哈鱼、油炸江鱼和米饭鱼汤来热情款待我们。艾稀特大大咧咧，没等别人动筷子，他早已狼吞虎咽着，边吃边对我说：

　　"我亲爱的记者美人，我们珊珊来迟了，看人家早已吃上马哈鱼了。这在你们城里连见都没见着吧？我们赫哲家是好客的，来，可劲吃啊！"

　　"你这个人说话总是没有一点分寸。人家城里人可不像你这么不文明。"赫哲女人斜了艾稀特一眼。

　　"哦，她既然是依尔娜的好朋友，那就是我的好朋友。不过，大嫂你没说错，我改正就是了。"

　　她对艾稀特好像挺刻薄，但对我特别优待。她夹了两块油炸鱼放到我的碗里说："这是我们八岔个体户罐头厂的特产，尝尝。"

　　艾稀特喝汤也很特别，舀了满满一大碗像老牛似的吸着。

　　"我说艾稀特，吃完饭，你先把外屋地的水往外泼一泼，都快进灶了。"赫哲女人毫不客气地给他指派活计。

"好家伙，饭还没吃完，给派上活啦！依我看就甭泼了，两三天后你就省事了——外屋地行船，炕头上撒网哩！"艾稀特嘴上也不饶人。

"以后的事你别管。吃了人家的嘴短，拿了人家的手软，你就给我泼好了。"赫哲女人也不甘示弱。

艾稀特泼完外屋地的水，回屋对赫哲女人说：

"嘿，阿格①去乌苏里江走了不到三天，江水就灌了门洞，真要再涨几天，还不知会怎样呢？"

"你阿格不在，你在不也一样嘛……"

瞧！乡下人总归是乡下人，说那男的出言粗鲁，那女的也并不逊色多少……

这时，艾稀特不知出去干什么去了，我和赫哲女人天南海北地闲聊了起来。我甚至委婉地向她诉说了黑灯瞎火地跟一个小伙子一起行路的苦衷。

"没事，好妹妹。"赫哲女人瞅我笑了笑，说，"我了解艾稀特，虽说他嘴皮子刻薄一点，但心地善良得像乳汁似的，他不会乱来的。"

赫哲女人停了片刻又说："有些人把我们赫哲人编造得一无是处，实际上哪有的事。当然少数不要脸皮的人哪儿都有，城里就没有啦？听说还有卖色相捞钱的呢。"

她说得很像那么回事，但谁知道她是一个什么样的女人呢？

---

① 阿格：哥哥（赫哲语）。

由于起了风，浪大，船队只好在八岔住下。

这家只有一盘炕。晚间，艾稀特只能和我们睡在一起了。赫哲女人给我拿出了一套很干净还散发着肥皂香的被褥。睡觉时，我们以炕桌为疆界，我和赫哲女人睡一边，艾稀特睡另一边。

不知怎的，我没有一点睡意。这种男女不分、混在一块儿睡的事，我还是头一次。要是艾稀特不像话，钻进我的被窝里来，怎么办？不怕丢脸，你就来，我要喊醒赫哲女人……可是……哎呀，他要是和赫哲女人发生什么，该怎么办？他俩不是毫无顾忌地没遮没拦地说了不少相互挑逗的话吗？那我该……

我辗转反侧，难以入睡，不由想起我的阿贵。阿贵呀阿贵，不是你住在那么偏远的小镇我怎么会落到这般窘境呢！

我存有戒心地注意着周围的动静。赫哲女人忙活了一天，似乎很累，平静而均匀地呼吸着，睡得正香。我所担心的艾稀特也正鼾声如雷，早已进入梦境。

一场虚惊。或许我想得太多了……

三

椭圆形的江心岛，柳绿花红，阳光灿烂，几只鱼鹰在不停地啁啾。我和阿贵臂挽着臂在金色细柔的沙滩上，奔跑向蓝蓝的江水。忽然浓雾漫来，阿贵不见了。我惊愕不已，欲呼不能，正在焦急万分之时，我被一个年轻的美男子搂在怀里……

我从睡梦中猛然惊醒，原来是赫哲女人在轻轻推我。哦，那搂我的美男子会是谁呢？我实在不愿意中断这场梦。然而，又不得不起来，为了实现我的爱情，必须丢弃虚幻的梦！不管怎样，只要到了乌苏镇，就会见到那儿的情人。我强打精神起来穿衣服。

艾稀特早已起来了，正在地上等我。

"亲爱的记者美人儿，咱们还得继续前行啊。"他说。

我跟着艾稀特走出了热烘烘的小楼。

我们又起程了。

给根——

鱼儿在哪儿欢游

亲爱的江水知道

谁让我俩在这儿相会

缘分告诉了我

……

艾稀特又唱起来，连唱歌也离不了"亲爱的"，他怎么这么喜欢"亲爱的"呢？他到底有没有个"亲爱的"呢？

这个名字叫"乖孩子"的小伙子，虽然"亲爱的"不离口，却也显得并不无知。一路上，他给我绘声绘色地讲起了赫哲人的历史、风土人情、地方特色及神话传说，还讲了赫哲渔民祖祖辈辈，在每年的五花山时节就到千余里外的乌苏里江捕大马哈鱼的习惯。大马哈鱼在江里生，又到海里成长，再从海里通过乌苏里江到黑龙江结束生命的过程，像人那么充满思乡之情，落叶归根的趣闻。

在交谈中我才知道，艾稀特曾念过高中，怪不得他懂得那么多。我想问他是否参加过高考，但不好开口，怕触碰别人的伤痛处。

将近中午，他赶鸭子上架似的手把手教会了我掌舵驾船。他这是为了腾出手做午饭。他拧着煤气灶开始做饭。烤塔拉哈①杀生鱼，焖和和饭②……动作干净利落，井然有序。剖鱼时，他顺手将一块鱼肝塞进嘴里生吃了。这使我想起这个以渔猎为生的民族还带有原始的野性。

吃午饭时，艾稀特换我掌舵。他左手把舵右手高高地向邻船举起酒碗表示让酒，邻船的渔民也举起酒碗微笑着示意，那眼神里有羡慕，接着，艾稀特把酒往江里倒了点，算是敬神了。

"珊，你不喝口酒吗？"他抿了一口酒对我说。这次，他没有叫我"亲爱的"却叫了个"珊"！

"不，不！我向来滴酒不沾。还是你自己……"烟酒不分家，喝酒的人往往有酒伴才喝得有滋有味。我不由想起他为什么一个人去捕鱼就问，"你怎么没带伙计？"

"噢，伙计在乌苏镇等我，早已约好了。"他朝我一笑又说，"要不，你跟我一起到滩地打鱼算了，省得找那伙计啦，哈哈……"

不等我反应，他又说："说归说，笑归笑，其实，真要和

---

① 塔拉哈：赫哲的独特风味菜，即把鱼烤得半生不熟，切碎条拌作料吃。
② 和和饭：赫哲族饭，即鱼和小米一起熬制成不干不稀的饭。

我打鱼，那罪你都遭不了，成宿的夜捕，仅那个困劲你都过不了关！而我，一到那个时候，喝点酒就兴奋不困了。再说，我是个不甘寂寞好激动的人，喝几口酒，唱几支歌，心里就敞亮了，好啦。你吃完饭也别闲着，越待越冷，我看哪，不如咱俩对几支渔歌，空气兴许会热乎起来。像你们当记者的参加歌舞的机会不会少，来，就唱《泉水带走你那甜甜的心》。"

> 山道旁边的依尔嘎①
> 不怕严寒满山坡
> 绿叶亲着你那红红的脸
> 泉水带走你那甜甜的心
> ……

艾稀特唱完一段后，问我为什么不接着唱，我说这支歌我不会唱，他却让我唱一支自己会唱的歌。

唱就唱，读北大中文系时，我们经常开联欢会。那时，我还是台柱呢！现在还在乎你！不过，我得唱一支他也会的歌。于是，唱起了前不久跟依尔娜学来的依玛堪片段《哈渔岗上》。

> 来到了哈渔岗上
> 有我心爱的乎那吉②哟

————————————————

① 依尔嘎：赫哲语，迎春花。
② 乎那吉：赫哲语，姑娘。

这时，他用几乎跟我一样高的嗓门和起来：

比那蓝天明净高远
赛那烟花婳娜风韵

"珊！真没想到你唱得这么好！"我们唱完一段，艾稀特动情地说。

就这样，我们热热闹闹地边行边唱，忘记了时间，唱走了太阳，唱来了月亮，一下子唱没了柴油。待艾稀特往机器里加好油，船队早已没了影，连晃来晃去的手电光也不见了。艾稀特拧了油门，加足马力追了一程，还是不见影。

此刻，他渐渐收小油门。因为艾稀特也弄不明白前面的几个江汊，哪条是支流，哪条是主流。行驶不远，艾稀特就把船驶入二流，熄了火。

"珊珊！我们只好在这宿营了。虽然我来过两次，但都是白天。不过，凭我的猜测，再有五六十里路就能驶出这七汊八汊的乱江汊子啦。"他说着就走到船头，把锚扔进江里。

我环视周围，一片汪洋，只有露出水面稀疏参差的柳树梢证明这里不是海。这么大的水，百儿八十里也不会有人家的！望着想着，我的头皮一阵发麻：我们一男一女在这船里过夜，这怎么行！我心里跳个不停。莫非是艾稀特故意找这个地方扎营……到底要出事了。难道这是我跟他唱什么《哈渔岗上》招来的麻烦不成？！

"艾稀特！咱们就不能闯过这带江汊子到抚远县再宿营吗？"我带着一线希望问。

"那可不行，瞎胡乱闯，钻进人家俄罗斯内河怎么办？到那时，人家俄罗斯还能聘请我当个捕鱼技术员干干，而你不得成了老毛子的玛达姆①呀，一辈子算完了！"艾稀特讲了一通不行的道理。在我听来，他是存心找借口，故意要在这没有人烟的江面上过夜。

"艾稀特同志！"我觉得对他不应再客气了，"野外宿营也行，不过，丑话说在前头，咱们是不同性别的两个人，在这荒郊野外，彼此放尊重点才是。"

他愕然地瞅了我好一会儿，说：

"珊珊同志原来是这么想的呀？！你不说我还没想到呢。虽然我是个打鱼的，但我也是个有大有小有姐妹的人啊！总之，我也是个人啊！"

他蓦地侧过脸，闷声不响地收拾船上的东西。

我的话是不是重了点？他大概是生气了。那就生去吧，只要路上平安无事，到时候，我宁愿给他磕三个响头，赔礼道歉。

---

① 玛达姆：俄罗斯语，即老娘儿们。

四

暗蓝色的天幕缀满了无数晶亮的繁星，茫茫的黑龙江笼罩在朦胧的夜色中。世界寂静得怕人，恍如在另一个星球上。

艾稀特总低着头，默默地在直流电灯光下收拾鱼，切菜，开始熬鱼汤。

看他那闷闷不乐的样子，我不禁后悔起来。自己没带吃的不说，还一路穿着人家的军大衣，现在他又在忙活着熬鱼汤给我喝。可我说了些什么话？太伤人家心了。然而，说出去的话就像泼出去的水一样无法收回。只好用行动挽回一点后果，我想帮他做饭，便伸手帮着洗锅。

艾稀特看我一眼，轻轻地一笑说：

"珊珊同志，你还是进篷里歇着吧！这儿的一切你不熟悉。再说，这儿可不比你们城里的厨房那么顺手，还是我来吧。"他谢绝了我的帮助。

"艾稀特，你肯定在生我的气，我真不该那样对你……"话还没说完，他就接过去：

"嗨！那生啥气！你也没说错呀。一个姑娘家，特别是不了解少数民族地区的城市姑娘都具有的本能。如果我是姑娘也会这样的。这是造物主对每个姑娘家的厚爱……"

他嘴上跟我说话，手却不停，不一会儿就从煤气灶上端下来鲜香诱人的乳白色鱼汤和热气腾腾的馒头。

"珊珊，趁热就着鱼汤吃点干粮吧，夜晚抗冷！"

吃过晚饭，艾稀特就进船篷里铺好被褥出来对我说：

"珊珊同志，你进里面先睡吧，我到前舱下几串豆饼钩，明早好吃活鲤鱼哩。"艾稀特把我让进篷里就到前舱去了。

虽然艾稀特嘴上说没生气，可成见早已装进了他的心里，叫我"珊珊同志"哩，这比他开始称我"亲爱的"还叫人难堪。他的这句话使我感觉出这是对我的讥讽和挖苦，过分的恭维不就是挖苦吗？

船篷里，一床软缎被褥被他铺得很整齐，褥子上面还铺着一张大狍皮，头上有电灯，坐在里面，脑袋和篷顶还有半尺间距，篷里的宽窄长短正好容纳两个人卧躺。四周很严，里面暖暖的。昏黄的灯光里，我看见枕边有一个拉链黑皮夹。我顺手拉开，里面装的是好几本杂志，还有一本日记。我想看又觉得不合适，就挑了一本《苏联文学》翻了翻。她的照片怎么跑到艾稀特这儿来呢？我和依尔娜那么好，也没说送给我一张照片留作纪念啊！噢，对，这本杂志是依尔娜的，是艾稀特向她借的，里面那娟秀的钢笔字使我确信无疑。干脆，相片归我了。但是，这样艾稀特就会发现我翻过。不，我不能让他知道。我又把照片原封不动地放回去……

"你跟依尔娜是怎么认识的？"出于对那张照片来历的好奇，我从船篷里出来，一边帮他弄顺钩绳，一边这样随便地问道。

"长话短说吧，在学校里我俩是同班同学，在社会上我俩又是赫哲乡业余文艺演出队的骨干，我们的双人舞《金色的网滩》还在北京获了奖。"艾稀特低着头回答了我的话，随后偷偷地扫了我一眼。

"好啦，你进篷里先睡吧！"

"还是你进去睡吧，掌了一天的舵够累的，休息不好怎么行，进去睡吧！"我劝说。

"让你进去你就进去睡，有啥啰嗦的，你让我安静一会儿好不好？"艾稀特显得不耐烦了。

我又钻进暖烘烘的篷里，侧卧在厚厚的软软的被褥上，没有一点睡意。此时此刻真让我不可思议。咳，人生一世真是奇怪，什么样的事都要经历一番哪。谁能想到，像我这样在城里长大的姑娘，偏偏在这千里之遥，一片汪洋的江面上过夜，讲给我的阿贵听简直就是一个星球探险般美妙传奇的故事。想到这，我的眼睛灿然幻化出一幅甜蜜的情景：长途航行中阿贵是那么神气地驾着船，我俩始终是无拘无束，尽情地相依相爱。如果在公园里总是不安于眼前的世界，那么现在在这空旷的野外，一切都属于我们，可以放纵地大声呼喊，倾诉衷肠。阿贵会不顾一切疯狂地吻我，吻遍我的全身……呵，死鬼！男人们常显得那样粗鲁，但那粗鲁也许正是男人们的魅力所在……

温暖的气息像一首催眠曲，使我眼前的一切变得蒙眬了。胡思乱想中，我的眼皮越来越沉……

这是哪儿啊？这是哪儿啊？摇晃得这么厉害，像箩筛上的米粒倒过来，滚过来……恶心得都快把心呕吐出来啦！我四下环视，啊！我吃惊地张大嘴巴，周围几支黑洞洞的枪口正对着我摇晃着，几个黄头发蓝眼睛青白脸的俄罗斯兵正坐在这个摇晃得要命的直升机里像魔鬼似的揣着手枪恶狠狠地盯着我……我急忙向下俯视，只见一个人奔跑着仰脸追赶着头上的飞机，这不是阿贵吗？他一边跑还一边大声呼喊我的名字：

"珊珊，珊珊……"

惊惧未定，欲呼不能，一急，我从噩梦中醒来。

渔船在剧烈摇晃，仿佛天翻地覆。浪头"哗哗——"地连连砸在钉着塑料布的船篷上，又从船篷上"哗啦啦——"涌进前后舱，同时夹杂着风裹着雪粒洒在船上，我一骨碌爬起来。

"珊珊，珊珊，快穿上这件救生衣，快！"见我醒来，艾稀特从门外把救生衣扔给我，又把门关严。

此时的处境非常危险！只觉得渔船忽而被浪头高高托起，忽而又被深深地抛下，侧倾角很大，随时都有翻扣的可能。东倒西歪中我胡乱套上救生衣，系紧带子，不顾眩晕的折磨推开小木门。瞬时，一股彻骨的寒风卷着雪粒灌进来，呛得我倒吸了一口冷气。

迷蒙中，艾稀特站在脚舱里，双脚像钉在舱板上一样稳，左手操着一支桨，掌握着方向，使船不至于顺浪；右手在不停地用水撮住外淘水，渔船在剧烈地摇晃，狂风卷着雪粒漫天飞舞，肆意地打在他的身上。他全身已挂了一层薄冰，在昏暗的天幕下晶莹闪亮。又一个浪头在我脸上开花，我猛地关了小门，缩进船篷里。

是冷？是怕？我浑身不断地颤抖，一阵悲凉从心中油然而生。俗话说生身有地，死处有方，难道这就是我生命的尽头?！

在我极度的绝望中风浪越来越小，渐渐地黑龙江收敛了它狂野不羁的烈性，不知不觉间风平浪静了，终于恢复了先前宁静的秋夜。

艾稀特呢？他怎么样了？怎么好长时间没有听到他的动静呢？被风浪吓蒙的我，此刻才缓过神来，急忙推开小木门，向外一瞅，艾稀特盖着一层薄冰的军大衣，蜷缩在脚舱里一动不动。

望着他那雪雕冰塑般的身躯，我心里一阵内疚：在我们身处险恶环境的时候，人家忍冻挨冷，迎风斗浪，把生死置之度外；而我却躲进天壤之别的船篷里，考虑着个人的安危！原来我是如此的自私，躺在里面想入非非而不顾在风雪中受苦的人。

我的良心受到了谴责。

"喂，艾稀特！你进去睡吧，我在外面活动活动。"我冲着近乎半睡的艾稀特说道。

"别摆样子啦。还是快回篷里睡你的觉吧！"虽然他的口气这么硬，但我还是听出他每吐一个字是那么艰难，带着颤音。

"这怎么行，驾船全靠你，如果把你冻坏了，我们都得葬身这里了！"

"好啦，别把问题看得这么严重，我们捕鱼的赫哲人是从风浪里钻出来的，是不怕冷的，再对付两个小时就天亮了。"接着，他又柔声说，"珊，快回去吧，我没事的！"

我无言以对，只觉得心里热乎乎的，一个很平常的赫哲族小伙子，却这样正派善良，我也是个有大有小有姐妹的人啊！他那动情的话语又在我耳畔萦绕，可我竟然无缘无故伤害了他……

感觉告诉我，下半夜的气候更是非同一般的冷，他再这样
蹲到天亮真会把他冻僵哩！看来，我得较真了。

"艾稀特，你听着！恶劣的天气是无情的，你非要蹲在这儿
受冻，这是在生我的气。用这样来彻底惩罚我昨晚那一句冒失
的话未免器量太小了吧，起来！"我毫不犹豫地扯下他的军大
衣，一把将他提起来，"跟我一起进篷里！"

见我这样气汹汹的，他没再说什么，若有所思地站了片
刻，便脱掉肥大的挂了一层薄冰"嘎吧嘎吧"作响的雨衣裤和
胶靴，钻进了船篷里。

我俩并排躺在一起，一只枕头我让给了他，自己脱下救生
衣枕在头下，然后拉开被子盖在我俩身上。果然，不出我所
料，他浑身抖得厉害，真吓人！

"嗯，艾稀特！"等他暖和过来，我轻轻地用臂肘碰了碰
他，"实在对不起，你能原谅我吗？"我由衷地向他道歉。

他淡然地说："没什么，只要你能理解我们捕鱼的赫哲人就
好了。"那话语里，似乎根本没发生过什么事。

原来，艾稀特腼腆得像个大姑娘，他不好意思把手伸进被
窝里，而是平放在被子上，那双手显然是冻麻木了，在昏黄的
电灯下和水萝卜没什么两样。

"艾稀特！"我一把握住了那双冰冷的手，"我给你焐一焐吧！"

我不知道自己哪来的这么大勇气。不过，我绝不是借此向
他调情。艾稀特也没有躲闪，任我抚摸着。

"明天驶过这带河汊，到抚远县站一下，你从那里可以坐客

车到达乌苏镇，没多远了。"他声调轻轻的，既安慰我又使此时的局面不至于尴尬。

艾稀特太累了。刚刚暖过来，便睡着了。不久，他翻了个身，宽厚的胸脯挨在我身上，头也几乎碰到我的头发。他睡得很香甜，我唯恐弄醒他，没有推开。一股热烘烘的气息微微拂动着我鬓角的汗毛。望着他这力挽狂澜的宽阔胸脯，给人以神圣与安全、踏实而温馨的感觉。他的手早已被我焐热了，可我还是没有松开。如果开始焐他的手纯属关切，那么现在完全是另一种感受，一种莫名其妙的甜蜜感。啊，这是想到哪了？一个姑娘家，陷入这样一种微妙的情感是危险的呀！然而，实在无奈，事实上我已经陷入了这样一种微妙的情感中……在不知不觉中，我也睡着了。

"突突……"一阵机器声突然把我叫醒了，我打开小木门从篷里出来，天已经大亮了。不知艾稀特什么时候起来的，起了钩，拔了锚，摇着了机器。此刻，他已挂了挡，开始起程了。

清晨的江面干巴巴的冷，风虽不大，却像刀一样把顶风驾船的艾稀特的脸吹得通红。

"艾稀特，来，围上我的围脖吧，你的脸都冻红了！"我把我的拉毛围脖摘下来，在他的军帽外把他的脸围得严严实实，只露两只眼睛，望着我，他调皮地向我表示感谢。在给他围围脖的过程中，自然，他那握着舵杆的手几次碰到我的禁区上，但我没有像以前那样神经过敏。

他还穿着那双冰脚的水靴，不知里面有没有他的情人给织的毛袜子？算啦，等我回到省城给他买双又防水又暖和的时髦靴给他寄来不就行啦？

五

别看艾稀特这么年轻，在航行的经验方面却是个手心里长毛的老手了，他简直用不着判断就能从众多复杂的江汊中准确无误地驶入捷径的主流河汊。没用两个小时，我们就告别了让人头痛的乱江汊子地带，进入了一顺向东的宽阔江面。

渐渐地，漂亮的抚远县小山城展现在我们面前。

"艾稀特！我不想进城了。你看这地势这么高的小山城都淹着边了，我想，通过乌苏镇的公路也一定会被水淹而不通车。反正到达乌苏镇还有半天的路程，有人跟你做伴不更好吗？"我提议道。

"那倒也是，当时我只考虑到你很着急，所以才那么安排。"

他扯开嗓子又唱了。

不知怎的，我听他那"亲爱的"不再感觉那么刺耳。

……

经过三天的长途航行，终于来到了祖国第一个迎来曙光的乌苏镇。

"哎呀，珊，可把你盼来了！"我们刚踏上街道，阿贵不知从哪儿钻出来发现了我们。他惊喜地望着我，"你是怎么来的？"

"哦，我来介绍一下，这是赫哲族朋友艾稀特，我就是搭他的渔船来的。"

艾稀特点点头："你们谈吧。我到一个朋友家去。"说完，他朝我们微微一笑便转身走了。

当我把艾稀特介绍给阿贵时，阿贵连看他都没看他一看，更不用说握手了。意想不到的尴尬，使我的脸顿时火烧火燎。

回到阿贵住的房间，我本想劈头盖脸地向他发一顿火，质问他为什么连礼貌都不讲。但想到刚一见面就这样似乎不大合适，就忍了忍，平静地说：

"生意怎样，还好吗？"

"贩了几趟马哈鱼，收入挺可观的。"阿贵捉住我的手抚弄着说，"你好像生我的气了。珊，对一个打鱼的不必在意，你知道我是多么想你！"

"你这是什么话？打鱼的怎么了？"

于是，我将旅途中意想不到的遭遇和感受全都告诉阿贵。我看到，在我讲述的过程中阿贵的脸不断发生奇异的变化。

"什么？就你们两个人？"阿贵把眼睛瞪得像铜铃。

"你别多心，人家艾稀特是一个真正的好人。再说，你又不是不知道，这么大的水，公路都被淹，唯一的交通工具就是船……"

"够了！"我的话被阿贵粗暴地打断了。

万万想不到，我们竟能翻脸。

我生气，他却软下来，他惊异地看了看我说：

"珊，请别发火！你知道你在我心中是占有多么重要的位置呀！算了，咱们到饭店吃饭去吧，为你接风洗尘，可不能因为一个水里捞财的打鱼人伤了我们的感情呢！"

见鬼去吧，呸！我站着没动。

"珊，别生气了！我这还不是为你好，你没听别人说吗？黑龙江的赫哲人粗野得很，恶呀！"那发出卷舌的恶字拉得老长，脸上的表情也像吃了苍蝇一样难看，"没把你弄死就算不错了，你说，他真的在你身上……哎，你就照实说吧，路上那个打鱼的……都干了些什么？"

"干了些什么？刚才我不是全告诉你了吗？"

"你们俩睡在一个船舱里的时候……"

我第一次发现阿贵竟是这样令我恶心。

阿贵冷笑了两声："我也把话明说了，你想继续维持跟我的关系，就必须满足我的要求。"

"嗬哩，阿贵！你想干什么那是你的自由，我可不是向你乞求爱情的奴隶，既然你尿水里照镜子——自己埋汰自己，那就别怪我了。"

"我的珊！都怨我不好，是我错了。"他从衣袋里掏出几沓人民币塞在我手上，"今晚我包房间……这钱都是你的。"

我把那肮脏的东西朝他脸上狠狠地摔去，冲出门外。

我茫然地跑到街上，泪水夺眶而出。此刻，多么巧啊，艾稀特正迈着矫健的步子向我走来。我慌忙擦干眼泪。他来到我的跟前，我竟拘束起来。

"艾稀特……"

"噢，我是特意来找你的。"

啊，他说是特意来找我的！于是，我们来到一家饭店。

我要了一桌丰盛的菜肴，又买了一瓶白酒满满地斟了两杯。

"怎么，原来你会喝酒？那在船上为什么不喝我的酒？"艾稀特惊异地望着我。

"我从没喝过酒，但今天非常例外。首先我感谢你在路上对我的照顾，再者，我委屈过你，特向你赔礼道歉，也是自罚吧……"

但是，喝酒最主要的原因我没有说出来，我只顾狂饮。

艾稀特惊呆了，他好像看一个可怖的魔鬼一样看着我，碰都没碰一下餐桌上的酒杯。

"艾稀特，"我意识到自己的失态，努力使自己尽快地平静下来，"你不是找我有事吗？"

"噢！"艾稀特笑模笑样从怀里掏出一沓人民币和一张纸条，说，"我想让你辛苦一下。"

我接过纸条，上面写着他的通讯地址和一个人名——莫日根。一看到这个人名，我就神经质地把纸条放到餐桌上。莫日根，就是那个《蓝色的乌苏里江》的作者，是他让我心驰神往地来到这里。看来，艾稀特同莫日根有过来往。

"这纸条是咋回事？"我急忙地问。

"噢，这是我的名字和通讯地址。"

"什么？你就是莫日根？是《蓝色的乌苏里江》的作者？"我越发惊奇了。

"你看过我的那篇拙作啦？"他惊喜地问。

"你不是艾稀特吗？"

"艾稀特是我的绰号，他们都这么叫我。"

一切昭然若揭。我叫他"乖孩子"他才叫我"亲爱的记者美人"的。

"珊，这些钱，我想请你买一件羽绒服。"

"羽绒服？"

"对！就是像你身上穿的这个样式！"

"哈哈哈……！"我忍不住笑起来，"这是女式的！"

"不，是给依尔娜买。她曾夸奖你穿的羽绒服！你回省城买完寄来就行了。"

猛地，我好像被什么迎头击了一下似的，一阵晕眩。

我这次和莫日根的旅程，是依尔娜安排的，她明明知道我们将要走三四天的路，而且还要在荒无人烟的野外同船夜宿，却毫不忧虑地把她心爱的人交给我。看来，她对自己心爱的艾稀特百分之百地放心。细一想，依尔娜和莫日根一样高尚，他们的心能够容纳的何止是自己的情人！

我的表情变化，被莫日根看在眼里。

"如果多有不便的话，那就算了。"他以为我是在为买羽绒服的事发愁呢。

"不，我可以买……我一定给你买到。"

至此，我能替他办的唯一事情就是买羽绒服，也是唯一能够尽我心意的一次机会。不管怎么说，我也要自己掏钱给他买。

"如果你真的要把钱给我的话，那就是小瞧我了！"当他的那沓钱在我们手中推来推去的时候，我板起面孔嗔怪说。

这句话起了作用，他温顺地收了钱。

眼下，理智告诉我，我们必须分手了！

当我送他到江沿的时候，已是夜色朦胧。我真不甘心就这样结束我们渔船上同舟共济的情缘。我握着他的手，实在不愿撒开，但又不得不撒开。

我热泪盈眶，目送他迈着矫健步伐走向渔船，离我远去……

神秘的依尔嘎

一

在严寒没有过去、皑皑的白雪没有消融的得勒乞山上，北国独有的花卉依尔嘎从悬崖间的石缝中顽强生长出来，盛开出一簇簇鲜红的花朵。一片片花朵，在寒风中像无数旗帜般摇摇曳曳，映红了山下淌着冰排的黑龙江。额莫生她的时候正赶上采这种好看的草药花的时候，于是就给她起了这个美丽而又硬硬实实的名字——依尔嘎。

依尔嘎十二岁的时候家里来了一队专打日本鬼子的八路军，他们大部分都是比依尔嘎大不了多少的男孩子，穿着各样黄不楞登的破旧军装。又给挑水又给扫院子，待人可好了，他们忙活完之后就一边哼着打鬼子的歌曲一边练瞄准。依尔嘎看着那个端着步枪半蹲着、手腕上长着紫色痣的小八路，简直入了迷，是他给她做了一只木头雕刻的小鸟，她喜爱极了。她想，如果像小鸟一样在天上自由自在地飞就好了。

"小阿格，你真好，你能告诉我你叫什么名字吗？"

"我叫雁来，你呢？"他正正单帽，扭过头温和地问。

"我叫依尔嘎，你看见山上的红花就会记住我的名字，因为那花也叫依尔嘎！"

"那么，你以后看见了天上的大雁，就会想起我的！"

依尔嘎抬头往天上看了看，天上没有大雁，她若有所思地问小阿格："我也想和你们一起飞，去打鬼子，这样我们还可以天天在一起。哎呀，可是我会想额莫的，会想死的，你不想额莫吗？"依尔嘎半天没有听到回答，就看到那个小阿格雁来双眼正唰唰地流着泪，好长时间才告诉依尔嘎说，他的父母都被日本鬼子害死了，八路军就是他们的家。

依尔嘎看见他那俊秀的大眼睛里有一种凛凛生威的神色。

不久，日本鬼子为了让八路军无处落脚隐蔽，与群众联系不上，控制了黑龙江沿岸，修筑炮楼暗堡，架设机枪，并实行了最毒辣的手段，把黑龙江沿岸零散居住的赫哲人，赶进千里之外的深山和大沼泽，集家并屯形成一二三个部落。一路留下凄惨的血泪悲歌，出发时的三百多人，到达目的地只剩一百多人了。部落里野兽出没，蚊虫密集，泡沼的浮水腥臭难闻，瘟疫蔓延流行，横尸遍野。阴险凶残的日本鬼子还往饮用水里投毒，企图把赫哲人灭绝在深山。依尔嘎的额莫才三十岁，就被瘟疫折磨得整天撮罗里躺卧不起，浑身轻得像一张风中的薄纸，飘飘忽忽的。一个日本军官拿出一瓶药，装出和善的表情对依尔嘎的额莫说："你把它吃下去，病就会好的！"额莫不信，但凶残的日本军官命令鬼子硬是把这黑色的圆粒药丸灌进了依尔嘎的额莫的嘴里，不到天亮她就上吐下泻，含恨离开了人世。依尔嘎的人阿米从野外采药回来知道后，一腔子血液烧红了他的头颅，也烧没了他的理智，他很快地找出从江边偷偷带来的猎枪，不顾一切地冲进鬼子兵营，一边开枪击毙着鬼子，一边寻找那个鬼子军官，还没找到那个军官就被暗地里射击的一个鬼子击中倒下。当这个鬼子端枪来到他的跟前，他猛地跃起，一枪深深地刺透了这鬼子的前胸，与日本鬼子同归于尽。依尔嘎的古新听说连续发生的惨事之后，夜里从劳工队里跑出来，不知怎么神不知鬼不觉地把那个军官悄没声息地用刀干掉了，然后带着依尔嘎逃进了一望无边的荒野……

二

依尔嘎决意要死了。

她在牛棚里手捧着一碗做豆腐的卤水，她想用这碗卤水结束自己十二岁的生命，她没立即喝下去，是在等着与她同样命运的小伙伴阿娜。阿娜说，我们要一起死，但死也要死得好看！现在依尔嘎正在雪中盛开，我去采几朵回来戴在我们的头上一起死去，你可等着我呀！

依尔嘎静静地捧着大海碗等着小伙伴阿娜。灰黑色的卤水像一个无底的深渊贪婪地摄入了依尔嘎苦难遮挡不住的美丽容颜。她与古新那次逃进大荒原后，古新为了给她找吃的，再没回来，眼看就要饿昏的依尔嘎被一个日本婆娘遇见领回家去。

原来这个日本婆娘就是大渔霸的老婆，这日本老婆子又刁又狠，冬天扔给她一件有眼的麻袋片，让她赤脚放牛。和她一起的阿娜也和她一样整天挨打受骂，她浑身没有一个好地方。第二年老五团的八路军从这里路过，那个小雁来与她在山上不期而遇，小雁来让她参加八路军一起走。她回去把一双自己偷偷打好的草鞋带上，走到半路她又改变了主意，没有跟小雁来参加八路军。她想，如果丢下同甘共苦相依为命的小阿娜，她更会吃苦的，不知要受多少打骂。依尔嘎怎么也不放心，最后还是改变了主意。于是她又悄悄地回到了这个大渔霸的家里忍到现在。可是她实在受不了这个痛苦了，生不如死，她与小伙伴决定离开这个痛苦而黑暗的世界。

依尔嘎想到这里，抬头望了一下高远的蓝天，想，如果雁来现在来了该有多好……她很想他。

依尔嘎毕竟是个孩子，顽皮地用舌头舔了舔卤水，先试探着好不好喝，一股奇苦、麻木袭击了她的感觉，她赶忙吐尽了异味，一脸的苦不堪言状，死比活着的痛苦还苦还可怕。她仿佛看见碗里黑不见底的卤水像恶魔狞笑的眼睛，焦急地等待她的生命。她望着碗里，一股仇恨涌上心头，她猛地把卤水倒掉。这时，远处有赤脚踩雪的脚步声，她知道阿娜回来了，于是心生一计，仰面躺在草地上装死。阿娜回来一看，她仰面躺在草上，手里拿着空碗，知道她先喝下去了，就极悲痛地扑在她身上号啕痛哭走来："你不是说等着我，我们一起去死吗？你为什么不等我，留下孤单单的我呀？呜呜呜……"

依尔嘎一下坐起来，吓了阿娜一跳，依尔嘎给比她小一岁的阿娜擦去眼里含着的一滴泪水说："死是世上最无能的表现，我不等你就是为了我们今后好好活着，要比这个日本婆子活得还要好，谁让我们变成这样？就是日本鬼子。我带你逃出去，找八路军、抗日军打日本鬼子去。"两双眼睛兴奋得相视而笑，亲昵地搂在一起。

半夜，她俩偷出了吃的干粮，带上穿的夹衣和布鞋，悄悄出了渔霸的大院，消失在茫茫的夜色之中。

三

日本兵特奸，他们把宪兵司令部设在沿江的高山上，这个山顶的凹面既隐蔽又能回望，更方便的是能看到对岸的苏联，司令部朝北就是随时随地防止此岸的抗日联军过江通苏。为了修这得勒乞沿江一带的明碉暗堡，日本兵把古老的石人石狗炸掉了，可是他们也得到了神的报应，当场就被石头砸死十多人。

承担司令部保卫的是伪警和特务机关，他们嬉笑怒骂地在司令部的耳房打麻将，一个个油头粉面、吊儿郎当地斜背着盒子枪，有的腰间别着南满式撸子，其实他们都是一群废物。日本宪兵队司令佐田太郎从骨子里瞧不起这些人。此刻他坐在他的司令部里挖空心思地想着作战方案。他是新来不久的司令官，前几任司令的命，都被一个专打日本鬼子的抗日英雄给收拾掉了，一想起这个抗日英雄，佐田太郎就心惊胆战。从很翔实的情报看，这个对头在这个山区活动了三四年了，和传说的一样，来无影去无踪，两把二十四响大镜面匣子枪，甩手枪响见物，左右开弓，一点不假，只要日本兵一进山，就被消灭得一干二净，三天两头就有几个日本兵在兵营死于刀下，每次都有留条，条上写着："我要用你们的日本刀杀一千个日本兵！"去年，那个司令得到一个最可靠的消息，一个很内部的日本特务，亲眼看见在很开阔的雪地上，把宪兵特务吓破胆的那个称为游魂的人。那人穿着赫哲族长衣，束着纤细的腰，戴着貂皮帽，洁白的大口罩捂得溜严，他正在雪地上做饭，要不是旁边插着日本刀，这个日本特务还以为是赫哲猎人呢。他想再看仔细，不料，那个人连回头看也没看，回手甩手两枪，就给这个特务的两个耳朵各穿一个眼，他仿佛看见那个人背后长着双喷火的眼睛，这个特务就连滚带爬通风报信去了。很快，鬼子司令亲自带了五十多人包围上来。炊烟仍袅袅上升，那戴貂皮帽的人好像躺在旁边睡着了，包围的半径在只有五百米左右的时候，枪就响了，因为，山谷里回音很大，不知枪声从何方传来，枪声很沉很稳，不急不慌，好像数数一样响着。从一开枪开始，鬼子兵就实实在在倒下，每响一枪，就有一个鬼子脑门炸开个大窟窿，乖乖地阴间做鬼，一会儿工夫，就报销二十多个。鬼子兵不敢站着往前冲了，就卧倒胡乱四下里开枪，乱枪里那个有条不紊的枪声仍然不紧不慢地响着，从不间断，弹无虚发，扎扎实实。五十人多还剩三十多日本兵的时候，这些东洋鬼子就忍不住爬起来疯狂地扑向炊烟的地方，然而，枪声还是那么不急不乱，三十多个日本兵像撒种子一样，离炊烟还有五米远就撒完了，枪声也就停了。那炊烟旁的雪堆上还插着一簇血红的依尔嘎。

此时此刻，佐田太郎好像听那枪声还一下一下地不消逝地响着，那一声一声的枪声，好像是那个游魂一下一下的心跳声，很倔强。那倔强里有一股无限强大的不可阻挡、不可抗拒的力量，仿佛那一眼喷火的步枪口正瞄着他，他下意识地用双手捂住脸，正巧这时桌上电话突然丁零零地响起来。佐田太郎像中弹了似的一激灵，身体就不会动弹了，像死去一样，少顷，才缓过神来："电话的这时来，巴嘎！"气得他把电话拿过来重重地摔在桌上，他又琢磨起以往的游魂是否有什么破绽？

他在半年前曾派四名日本特务想拔掉这个眼中钉，这四名特务寻觅了好久，总算有了一近身的机会，却又是最后一次。这四名日本特务都是日本浪人出身的武术高手，一招一式凶狠毒辣，出手落脚千钧一发，可在游魂面前全似空中烟雾虚无缥缈，而游魂的身手深沉无比，快似闪电，手着脚落之处，气贯劲穿，险要夺魂，就魂飞魄散，气绝身亡。另据传说，这个游魂野外适应能力强，草窝里黑天正睡着觉，一条野狼刚在窝棚外嗅着，就被这人一把拉进几捆草搭成的窝棚里，连挣扎都没来得及挣扎就软绵绵地死了。山里毒蛇很多，游魂早晨起来，竟然安然无事……

因此，日本人闻风丧胆，吓得半年都不敢离开营盘一步。

佐田太郎琢磨来琢磨去，也没琢磨出什么突破点，倒是这半年来那个游魂一点动静也没有，这个冷场反倒使这位三十多岁的日本军官害怕起来。他的脸白得发青。在日本他是一个文静的学生，后来加入日本侵华的特务组织，受过各种特殊军事训练，超常地阴险狡诈、诡计多端，他那放射阴沉的目光的眼里，正捕捉着深不可测的毒计。

这时，门外进来一个英俊的年轻人，他就是日军的杨翻译，杨翻译剪着平头，穿着深蓝色的制服，像个青年学生。他看太君正聚精会神地思考问题，就静悄悄地拿起电话听筒"喂"了一声，里面就传过话来。

他告诉了太君来电话的内容，半年前太君要求上边物色一批日本女人加以特殊军事训练，然后送过来，就是这批女人明天就要到来。这样随便，说明他和太君是很合得来的。

佐田太郎眯起眼睛，坐在办公桌旁的躺椅上晃悠着，他听后冷冷一笑，毒计就涌上心来。

四

在街津山区一带，兀自出现一支"红色女子抗日军"，这支突起的队伍指向哪里打向哪里，声势浩大，所向披靡，势不可当，行动诡秘异常，装备精良，个个武艺高强，把沿江一带的日本守备军打得落花流水，狼狈不堪。令人奇怪的是，这样一支非常神勇的"红色女子抗日军"，后来却屡遭惨败死伤多人，原来这是佐田太郎调来的那批日本女特务所装扮。她们专门训练之后，充当钓饵。这是佐田太郎一招得意的绝世毒辣的苦肉计，他常对他的杨翻译说："中国有句古话叫同声同应，同气相求。"他心里暗忖：共产党抗日军不会熟视无睹的，再说他们一定会同情和利用这支从民间崛起的抗日力量。特别是那个一夫当关、万夫莫开的游魂，从很大程度上阻挡着他的大日本帝国的作战进度，这人的威力比几支抗日力量还要大。

这支所谓的"红色女子抗日军"的连长，叫高桥慧子，化名叫高波，二十岁，汉话极流利，比中国人的普通话还要好，她待人接物总有一股爱憎分明劲，她身段苗条，容貌美丽，活脱脱是一个标准的模特。要不，佐田太郎也不会选择她当连长。这个"女连长"极精明，时常与佐田太郎密会，既是佐田太郎的红情人，又是他的得意枪手。但自从她负伤后，从她的小部队几次惨败而总是不见对方上钩后就心灰意冷，丧失逆来顺受的摆布，也感到她的处境的可怕。她想，总是这样铤而走险，说不定哪一天被哪个要命的子弹夺去性命。不去与佐田太郎联系吧，违抗军令也怕惨遭不测，她心里矛盾重重。

每当她心里矛盾的时候，总是要找手下非常有主意的伙伴，一个身手不凡的与她结下生死之交的心腹交谈，这个比她小两岁的姐妹，曾几次救过她的性命。第一次是一个手榴弹落在连长的身前，她以闪电一样的速度从后面飞过来接住扔回去。第二次是对方的一挺机枪的枪口向这个女指挥官跟过来，在对方将要射击的瞬间，她把连长推开了，随即，墙上便出现了筛子眼一样的弹洞。第三次是在慧子胳膊中弹昏迷后，是她把连长背出了弹雨，并用土法为她取出了子弹，精心护理。她们在一个柞树林掩映的地窖里秘密会见了。

高桥慧子总是穿着一身灰布军装，军装被树枝剐开好几处口子，很像朴朴实实的抗日军首长，满脸憔悴地把心中的矛盾和不满向她倾诉。

"牧田佳秀，"高桥慧子用日语叫着这个女兵的名字，"你说，老五团为什么不上钩，这样下去我们什么时候是个头，还有那个来无影去无踪的'游魂'，他为什么连面也看不见，我看他们一定都知道内情……"

美丽清秀的牧田佳秀听后"扑哧"一声笑了，她解开黑色的衣领，扇了扇风，露出了里面雪白的和服，和服上散落的几朵红如鲜血的小花，很是鲜艳。她说："你急什么，凭咱们的本事，不怕他不出来。""不只是急，我的伤口还没好，不能出去钓鱼了，你接任我的角色好吗？"

牧田佳秀猛地站起来，两脚一并，前胸一挺"嗨"了一声，她心中暗暗窃喜，这个时刻是她舍生忘死换来的。

五

从开始到高桥慧子负伤，所有的行动牧田佳秀都预先知道，因而伤不着她一根毫毛！这次她掌握这支小部队了，她的最终目的来到眼前了。

断了佐田太郎的操纵，在短短的几天里，就拿掉了黑龙江沿岸大部分的日本鬼子的一个个小据点。实实在在的行动，使这支特殊小部队里大部分佐田太郎的内线人感到不对劲，猛然醒悟确信无疑地认识到这是共产党抗日军的行为，就纷纷向特务牧田佳秀打黑枪。牧田佳秀早已料到这关节，索性让这支小部队在她的枪口前消失了。剩下的那个碉堡她只身一人轻而易举地让日本鬼子升天了，此刻，只剩佐田太郎的大本营了。

六

袭击佐田太郎的大本营是在一个天色刚刚放亮的清早，鬼子们都还没起床便都悄无声息地被日本刀杀死在床上。牧田佳秀准备后杀死的是佐田太郎，可是还有一个没找到，那就是与佐田太郎形影不离的杨翻译，她想把杨翻译杀死之后再收拾佐田太郎。

她正在江岸的树林中寻找时，前面出现一个人，正是那个杨翻译，杨翻译打扮得很特别，穿着黄不楞登的旧军装，他身边还有一只泊在水边的小木船。

"残梦中的依尔嘎已经盛开，我知道你要来……"杨翻译背对牧田佳秀，深情地唱起了儿时的歌曲。

"大雁来了是春天，我们就盼着这一天……"牧田佳秀接唱着，就看见杨翻译转过身来。他看见牧田佳秀身穿着雪白的红花赫哲族盛装，美丽得像个天仙。

杨翻译就是当年的小雁来。

牧田佳秀就是当年的依尔嘎。

童年的青梅竹马，同在一条看不见的战线，他们终于拥抱在一起了。

"你为什么不接着杀死这个佐田太郎？"

"我是让他睁眼好好看看侵略者的败相，剩他一个光杆司令，我看他敢不敢自杀？一会儿这个恶魔会来的，他肯定要看看一直跟他战斗的到底是什么人。"

当他俩刚刚踏上小船时，日本恶魔佐田太郎果然领着高桥慧子来了，表面上好像装作什么也没发生一样。

他俩都穿着日本睡衣式的和服。

"杨翻译，这么巧我们走到一起！"佐田太郎笑眯眯地就要上船。

"站住，我们不是一条船上的人！"依尔嘎把枪口指向罪大恶极的佐田太郎。几乎同时，高桥慧子挡在佐田太郎身前，平端着匣子枪，枪口指向依尔嘎。在她迟疑的时候，雁来开枪了，高桥慧子的胸前爆开了四溅的血花，她跪在地上，眼前闪过一束柔和的光芒。

这时，依尔嘎和佐田太郎的枪同时响了，但确切地说依尔嘎的枪先他两秒钟，在佐田太郎中弹后抽搐的一瞬间，扣响了对准依尔嘎的扳机。恰在这时，身后的雁来挡在了依尔嘎的胸前，他的左臂连中两弹。

依尔嘎把身受重伤的雁来平放在木船上，向江北的苏联红军的营地划去……

燃烧的火焰

不到三点，凡星就穿上火红的马夹，戴上火红的遮阳帽，来到他所管理的街道区。这是一条宽阔的马路，五点以后，这里越来越热闹，车水马龙，川流不息，是一条繁华的街道。

他和每天一样趁清晨没有车过，先用扫帚扫起大街来，扫到七点，他就开始捡起垃圾。每天都是这个程序，简单得有些枯燥。但他热爱这一行，每天自始至终他都把全身心倾注在这条街道上，这条街道让他拾掇得干干净净，一点杂物都没有，只有整齐干净的街道和街道两旁长长的水泥槽里开得正艳的串红花儿。

街道像一个少女的脸，洁净、美丽、清雅。

他正在观察着斑马线上过路行人是否安全时，一辆人力三轮车对面驶来，他突然发现里面有一张美丽少女的面孔非常熟悉……

凡星三十多岁，还没有成家，自己一人。他每天都这样默默地一刻不停地劳动着，在无声无息中度过。他中等个子，不胖不瘦，其貌不扬，他手脚勤快总是没有闲着的时候。他身手敏捷，曾无数次从车轮下救下了很多违规行进的妇女、老人和儿童，几乎没有伤亡，这是由于他那一身如火夺目的养路工人制服颜色的威慑力和他挺身而出、奋不顾身的迅速才避免了悲剧的发生。人们都说，只要他在那里，都感到无限的安全感，他无私的臂膀是行人的安全岛、避风港。他把交通安全的利害和遵守的交通规则讲给受惊吓的人听，他俨然成了交通协管员，又成了交通警察。他热爱生命，把别人的生命看得非常重要，感觉每个人来到这个世界是非常不易的，因为人的生命只有一次，一定要珍重。

十年前的一个中午，是街道人行车多最繁杂的时候，他正在路边挥锹往垃圾车上装垃圾，一抬头，忽然看见一个十六七岁的姑娘正背对着他小跑着横穿过马路。车流中，他看见一辆轿车距离女孩十米远的地方像离弦的箭一样，直对着女孩面前两米远的地方射过来，而女孩却全然不知，她的目光只对着对面的路边。他与女孩的距离也只有五六米远。这一瞬间，他看到了即将发生的惨象，还没有经过大脑，他的身体已经离开了原地，他要在女孩抬起的右脚还没有落地的时间里，像珍宝岛战役中的英雄，端着冲锋枪，飞步穿过生命中最后的几步，又像黄继光用身体堵枪眼那种不可阻挡、奋不顾身。他的目的终于实现了，因为那个司机看到了一道耀眼的流星在他的眼前划过，与此同时，司机很快地做出了反应，双脚拼命地死死地一齐蹬向离合器和刹车踏板。在女孩第一步的右脚还没有落地，凡星的一只手臂就已经阻挡了她身体前冲的惯力，而凡星的身体，在女孩第二步的位置上随着一声刺耳的刹车声被急刹的轿车擦过女孩的衣摆，把凡星推出三米多远处站下了。由于凡星是有备而来，又是正面对着轿车，由于刹车的轿车冲到他的身旁时车速逐渐缓慢，就给了他反应的机会；他纵身跳起扑向车头的机盖上，虽受了一些轻伤，但避免了一场严重的事故。周围人们感到世上的英勇和无畏多么珍稀，多么可亲、可敬，多么让人感动得在心里流泪。

得救的女孩，高高姣美的身段，弯月般纯净的笑眯眯的眼睛。凡星感到世界上再也没有这么美丽的少女了。此刻，他的眼前出现了一片无际原野，原野上一朵猩红的正在开放的鲜花没有被阴雨中一闪的炸雷击中，他感到非常的欣慰。

女孩用一汪春水般的凝眸，深情地望了他好一会儿，然后感激地向他深深鞠了一躬，就消失在人流中不见了。

时光荏苒，白驹过隙，一晃已有十年了，但她的美丽在他的心里还是没有因时间过久而褪色，仍那么鲜美如初，恍如昨日。有了她那美丽的容貌驻在心里，他感到生命是多么美丽，生活是多么美好，每个人都应该要保护好自己，好好地生活。

今天，有通知说上边的高级领导又要来市里视察，说不定什么时候到来，希望每个养路工人在自己的责任区域内以最快、最短的时间把随时产生的垃圾处理掉，因为不知道这位领导什么时候从市区通过。

这是常事了，领导不来这里也拾掇得干干净净，领导来这里也是那么干干净净，他每次很重视地把这个通知装在心里时刻准备着，因为他挣的是国家的钱。

人力三轮车驶近了，他看清了里面坐着的姑娘，正是十年前他从车轮下救过的那位十六七岁的女孩，女孩从他的心里走出来了，女孩从他的梦中走出来了，而且出落成一个成熟的女青年。来到了他的眼前，来到了他的真实生活里。

他仔细地瞅着这位女青年，生怕她从他的眼前消失。这时，女青年在离他三米远的时候忽然随手抛出了一个装过瓜子的白色方便袋，在她抛出方便袋的同时，她看到了凡星，大吃一惊，在两人相视的瞬间，凡星的目光移开了，跟着白色的方便袋走了……

凡星追逐着那团白色方便袋，方便袋在空中飘荡着，翻飞着……凡星追逐着这团白色方便袋，就好像追逐着女青年抛给他的一封情书，他追逐着，脑海里满是这位女青年美丽的形象。

此时，女青年在人力三轮车上回头看到了这个情景……

白色方便袋像一个幽灵，在马路中间忽起忽升，忽慢忽快，好像特意戏耍着凡星或是在引他去一个什么地方，这个白色方便袋就始终离凡星的手一尺远，凡星有多快，它就有多快，凡星慢下来，它也慢下来，就是不让凡星抓到……

"吱——轰——"一声巨大的响声过后，一切归于平静……

凡星仰面躺在一片血泊中，他的手里还紧紧地抓着那团白色方便袋。

凡星仰面看那蔚蓝高远无尽的蓝天，无声无息地，安安静静地，他该休息了，身累大于心累……

……

三天后，在一个晴朗的午夜，静悄悄的夜里没有一个人。这时，一个女青年在道路中间燃起一堆火焰，火焰吞噬着黄色的纸片，黄色的纸片在火焰中翻飞、升腾、升腾……

好一阵子，火焰熄灭了，缕缕的青烟升向天空……

这个女青年把这一堆烟灰收起，装进一个白色方便袋里，放进垃圾箱里，道路让她扫得干干净净！

女青年长长地叹了一口气！

她仰起头，看看午夜深蓝色的天空，天空上星汉灿烂，显得格外朗润，有一颗晶亮的星星还眨着眼睛，好像在笑……

月儿弯弯

一

忽然，张三感到手握的方向盘有点不对劲，方向盘老往左边使劲。凭以往的经验，他马上意识到，后拖车左轮胎瘪了。

他收油、摘挡，还没等踩刹车，这辆满载一大拖车大青石的大胶轮车，像一头负重超荷的老牛，喘息着，累得一下子瘫在路上不动了。张三跳下车一看，果然拖车左前轮不知什么时候瘪了，外胎碾烂，已经没法补了，车圈裸露在外，磨得银光锃亮，圈刃已经把水泥路面碾轧出两条足有半寸深的沟来，张三往后查看，这条沟也有三十多米长。

张三看了，叹了一口气：这咋整呢？车胎废了，前不着村，后不着店，千斤顶、补胎工具都没带，咳，只能硬走拖回去修吧，反正离家也没多远了。他思量片刻无奈之下就沮丧地跳上车，起火、挂挡、加大油门。大胶轮车不情愿地吼叫着，艰难地起步行走了。钢圈切割水泥路面发出尖厉的叫声，夹杂在轰鸣的机器声中格外刺耳。车圈切割水泥路面的声音撞击着张三的心，使他有些心慌不安，但此时侥幸的心理占据了他的整个心灵世界。没多远就要到家了，他心急得恨不能长了翅膀从路上飞走。

越怕越出事。到底出事了。迎面开来一辆红白相间的吉普车，首先那红色字样的"路政稽查"赫然入目，他心里"咯噔"一下：这下完了！

二

停车吧，等于自投罗网，蒙混过去的机会等于零。不停吧，"路政稽查"看到了会罪加一等，正在他犹豫不决之时，"路政稽查"的车在他前面十多米处"吱"的一声戛然而止，急刹在他面前，直逼得他立即停车熄火。

从"路政稽查"车上下来三个身着"路政稽查"标志制服的年轻人，正威风凛凛地向他走来。

三个年轻人来到他的车旁，一个年轻的路政员首先出示执法证件，告诉张三，你已违反了《公路法》的有关规定，造成水泥路面的损坏，随后看车的看车，查轮的查轮，量印的量印，手里都拿着本子边看边记录着，他们的神情都那么严肃、专注和神圣。

"划痕共八十米，沟深半寸，按《公路法》的有关规定，处以两万元赔款。"稽查大队龙飞队长表情严肃地通知张三，口气里根本没有商量的余地。

张三有点傻了，他呆站在车旁没有反应，这是一起严重的损坏公路的事件，张三早已意识到了这一严重性。

慌乱之时，他想到了一个人，这个人使他镇静、清醒了许多……

事情反正已经落到头上了，张三此时反倒坦然了，他装作不在乎地说："不就划两道印痕吗？对行车也没有影响，这么点小事值得整那么严重吗？"张三强装笑脸，他围着稽查队长龙飞转悠着，若无其事的样子。

稽查队长龙飞，几乎与他同龄，三十多岁，他和比他小十多岁的两名队员都身着路政稽查制服，一色的小平头，整齐、干净、利索。龙飞根本不理张三这一套，他向正在用《公路法》给张三耐心讲解的两名队员说，让他们填写交通违法行为通知书，并告诉张三如果对我们的处罚不服的话可以申请听证。

张三没有回答，停了片刻，就满脸堆笑地对队长龙飞说："你们也别小题大做，我弄点水泥和巴和巴，把这条划痕抹平不就没事了吗？"他满心希望地这样说着，面对队长的步步紧逼，他不得不重视起来，他想尽量挽回损失。

队长龙飞听了，冷笑一声："你说得挺轻巧，你以为这是你家的公路呀，这是303国道，是同三公路，容不得你这样胡整。其实，你连修补的资格都没有。再说，已成形的水泥与后浇灌的水泥根本不发生化学反应，也就是互不粘接，即使表面上好像融合了，被车一轧就新旧脱离，修补将毫无意义。唯一的办法就是把划过的地方整板抠掉，然后重新浇筑水泥面，这就等于重新建路，这样成一体了才能耐久承重，有寿命……"队长龙飞正耐心地给他讲着，忽然话锋一转，"我给你交底说实话吧，这路是你给损坏的，就要赔偿，这是国路，你不用想些别的，更别存在侥幸心理，你什么点子都别想了，没用。赔款是定了的，你怎么也逃不脱的。不如你早点交了罚款，省得耽误了你的挣钱路！"

"那我要是省里有人呢？"

张三感到问题难缠了，就故意这样突然试探地投石问路，火力侦察。

"你哪里有人也不管用，国家的《公路法》就是这么定的，谁都无权违反。你如果交了罚款，我们个人一分钱得不到，我们是国家公路的卫士，在保护着国家财产和人民的利益，是执行和维护国家法律的尊严，请你理解。"

队长龙飞说着就命令两个队员把主车和拖车摘掉，把大胶轮车开走。

张三一看动真格的就急了，好汉不吃眼前亏，缓兵之计该用了，他忙上前阻拦："罚多少，我交还不行吗？你们把车头开走了，我用什么把这车石头拉到家呀？"

"那你什么时候交罚款？"龙飞问。

"我把车胎修好后，把石头拉回家就交。"

队长龙飞一听也是，就大手一挥，两个队员就罢了手，把钥匙还给了张三。

例行公事，走程序，登记开始。队长龙飞把张三的姓名、住址等一一登记在案，又把肇事的经过让张三叙述一遍，也记录在册。

　　原来，张三住在江城市的城郊乡，在县城的西南边缘。家有三口人，只有一垧半地，种了十多年地，去年才攒钱买了这辆心肝宝贝似的带挂的大胶轮车。去年收了一万多元，就想把两间旧草房盖成大砖房，想着今年拉石头打好地基待今年和明年收了粮食再盖起砖房。这不，刚从街津山石场拉回石头，就在这里出了事，都要快到家了，真是福无双至，祸不单行啊。

　　于是，队长龙飞让他在交通违法行为通知书送达证上签了字。

　　签字当个屁，这年头当官的刚在你面前承诺什么，忽然一转身就什么都否定了，别说咱个小农民，学也学来了。诚信、许愿、誓言都是虚无缥缈，世上没有对错之分，只有强和弱，胜者是王，败者为寇。这年头还得有人，老子有人，比省里还管用的人！龙队长他们走后，张三满不在乎地这样胡乱想着，越想心里就越敞亮，几乎都要把罚款的事忘了。

　　张三打了一辆出租车回家取补胎工具去了。

　　等他回来时，吃了一惊，队长龙飞和两个路政员已把他的车轮换上了一个半旧的里外胎，已充好气，正等着他回来往家开呢。原来，他们根本就没有走而是把车开到不远处，下来两个人看着大胶轮而让司机回单位取胎和工具去了。

　　张三很感动，回到家时拿出一百元车胎费就要给同来的龙飞。龙飞说什么也不要。最后对他说："给你一周时间交上两万元赔款就行了。"

　　一码是一码，张三心里有数。

他的那个靠山是谁呢？以至于两万元都没在乎！

三

张三把石头拉到家后，真像没事人一样，该干啥干啥。这样，一晃过了十多天，他以为过去就没事了，正哼着小曲仔细地擦着大胶轮的挡风玻璃，一抬头看见了路政稽查队长龙飞领人来了。他心里一惊，想躲藏起来却没有机会了，因为他的大胶轮正在他家院落中央。

"车也修好了，石头也拉回来了，你也没事了，哈哈……"

路政稽查队长龙飞一边领人来到他跟前一边笑着奚落他。

"事都过去了，还追究啊，哎呀，你也太认真了！"张三无奈而尴尬地回答着。

"不是我追究，是国家的法律不允许，损坏公物要赔，你上小学时不是学过吗？怎么三十而立之年反倒糊涂了呢？"龙队长据理力争。

"龙队长，你就高抬贵手放我们一马吧，别老拿国家整我们小家。"

二十多岁的年轻貌美的张三媳妇怀里抱着孩子从茅屋里闻讯而出："我知道你们是在执行公务，但这么点小事怎么也不能达到两万元吧？唉，我们家想改变一下真不容易啊！"

"这能怪谁，如果你丈夫当时及时发现及时停车，知法懂法，什么都不会发生了。现在，既然发生了，你们就得面对现实！"

"对，队长说得对，做了就要承担，要么就别做错事！
……

与队长同来的两个随从随声附和着，大家你一言我一语，把张三两口子说得哑口无言。

"现在说啥都没用了，说啥都晚了。"队长龙飞郑重地说，"这次来是给你下发交通违法行为处罚决定书的，我已经把国家法律法规及有关规定向你讲解了，请你在法律规定的时间内交纳罚款。如果拒交罚款，我们将申请人民法院强制执行，到时候你们不仅要如数交纳罚款，而且还将面对法律的审判！"

怪不得这些人说话字字像钉子，钉在板上响响当当，我们小农民自然说不过这些国家法律专业人士。张三这才意识到这是真的了，不是在做梦，更不是儿戏，他有点害怕了，而他的媳妇听了队长的话，心如刀绞："我家只有一垧半地，攒了好几年才买了这辆车，本想自己拉石头，年年攒点料，把这两间旧草房盖成砖房，现在又出了这样的事。你们看，这房已有五十多年了，旧草房墙壁已经裂开，每到下雨时屋顶就漏雨，本来就没钱，这让我们上哪弄那两万块钱啊！……"生活的无望，现在又雪上加霜，她感到前途已无路可走，说着说着就伤心地"呜呜"哭起来……

听她这么一说，龙飞就仔细地向张三家的旧草房看去，房顶已长出厚厚的青苔，四周的围墙已有多处裂出手指宽的缝隙，哎呀，这都成危房了，他家怎么还敢再住！怜悯之心不禁油然而生。

二十多岁的小媳妇，比张三小十多岁，漂亮极了，她那黑白相间清澈迷人的眸子，柔美可人，总给人一种看不够的感觉。可是，龙队长把目光从危房收回来落在她那双美丽的大眼睛上时，感觉她的眼睛像两座山，一根一根整齐的眼睫毛像一棵棵树。山洪暴发了，树倒了，泥石流砸在他的心上，他的防线彻底垮了！

龙队长此时与路政员交换了一下目光："他家确实很困难，连个能住的房子都没有，但法不容情，国家的法律谁也抗拒不了，咋办呢？"他为难地想了想，转身对张三说，"这样吧，我从我积蓄的工资里给你拿五千块钱，以后你有钱就还，没有钱我也不要了，其余……"

"其余的我拿三千元！"路政员姜涛也激动起来，把话接过来。

"我拿两千元！"路政员白义也慷慨地说。

"那好，我们一言为定，一共帮他一万元，剩下的一万元给他留些时间自筹！"龙飞和同事们动情地达成了一致的共识和承诺。

此时，张三的眼圈红了，狼的智慧荡然无存。他诚恳地说："你们挣的工资很有限，也都是拖家带口的，我怎么能让你们个人为我垫付呢，再说这是我做的错事，也不能连累你们好心人呀！……"

"别说了，就这么定了！"龙飞队长雷厉风行，他认准的事很难改变，"再给你们一周时间，你们就自筹那一万元吧，如果再有什么困难，你再与我联系！"龙飞说着把自己的电话号码写在纸上递给张三。

张三紧紧地握着他们的手，激动得不知说什么好。

张三媳妇走上前来感激地说："遇到你们这些好领导、好心人，我们什么困难都不怕了，你们放心吧，我们就是砸锅卖铁也把那些钱交上！"清脆响亮的话语，像一股股清爽甘冽的山泉，流进了执法者的心田，绿色的希望，绽开的心花，在党的灿烂阳光下，春意盎然……

四

送走龙队长一行，张三小两口又犯愁这一万元从哪出。龙队长一行已经答应拿了一万元了，都是从自己工资里慷慨解囊，已经很够意思了，再也不能麻烦人家了。

那么还有什么办法呢？张三在自家的炕上想了好久，忽然想到了他的老姑。他的老姑叫张月季，是交通局副局长，二把手，是龙飞业务上的顶头上司！

原来张三说自己有人，指的就是他的老姑、张月季副局长。

怪不得龙队长到他家之前，张三一直那么牛呢。其实他和他老姑平时没怎么来往，只是在张三小时候他老姑非常喜欢他宠爱他，成家立业之后都各忙各的，极少往来。

张月季比张三才大八岁，今年四十岁了，但看上去像二十多岁的模样。高个苗条匀称，风韵犹在，油黑的披肩发散落在两肩前，衬着双黑亮的大眼睛，格外精神而不凡，这双黑亮的大眼睛此刻正弯弯地、宁静地看着比自己小不了多少的侄子，她的眼睛在弯弯地笑着……

"……小三，你说罚款减掉一万元，那国家财产不是受损失了吗？国家财产受了损失，那国家每月给我们发工资养我们这些最基层的执行者干什么？那我们不是失职了吗？这样不行啊，我的小侄子。"她又从椅子上站起来，在自家平房的屋子里踱着步子。

"其实，我完全可以给路政稽查队长龙飞打一个电话，让他把罚款减掉一半或者大事化小，小事化了。可是，我如果这样做了，我在这个副局长的位置上干还有什么意思，我会一辈子都不安的，咳！可是，你这道关，我不帮你过去，我也会一辈子不安的。"

张月季苗条的身段在屋里踱来踱去，卧室里铺的地砖已经剥落掉漆。她忧郁的时候，眼睛也是笑的。

她的丈夫几年前从一家企业下岗了，在政府帮助下，好歹开了一个书店，几年下来，才攒了八万多元，想买个楼房又不够，张月季是做梦都想住楼房，眼下，还没等攒够呢，侄儿现在又来求援了。她决定帮助他，就来到里间与丈夫商量，因为这是丈夫的心血钱，而自己的工资一千多元，也只够维持家庭的花销。比她大十多岁的丈夫历来事事都顺着她，平时，不论大事小事，只要她高兴开心怎么都行，这会儿，自然也就同意她的做法。

张月季从里屋拿出一万元现金递给张三说："拿去用吧，什么时候有了，就什么时候还。重要的是以后以此为鉴，记住，任何时候，国家的利益高于一切。"

五

　　张三回家的时候，已经是晚上八点钟了。时值初秋，月亮升起来了，洒下一片清辉。

　　虽然黑，但有月光，有月光的世界让人感到很清爽，月光不会让人迷失方向的。

　　张三抬头望望湛蓝的天空，弯弯的月儿像在柔柔地笑。

春去春又回

一

　　一条白色公路向遥远的天际延伸，只见天际间的公路尽头出现几个黑点，渐渐地黑点越来越大，原来是三辆黑色轿车疾驰而来……

　　公路直插镇中心，三辆轿车沿着这条街路来到镇东停下，从三辆车里分别下来房产局局长傅晓飞、拆迁办主任洪达和交通局局长龙潜及三个单位的随行人员。

　　在他们面前的是一百度角拐向对俄口岸的水泥公路，由于这公路特别重要，关系到这个城市与对岸贸易往来，对国际旅游事业的发展起着重要作用，因此，市政府决定加宽这条通往口岸的白色公路，使其过货和客运畅通无阻，于是2005年经省发改委批准而建。从今年春天2月份各有关单位组成联合办事机构就紧锣密鼓地开始了。各路人马进入工作状态划定公路两旁红线扩建的区域，测量，深入范围内需要拆除搬迁的住户家商量拆迁费用，就地成立工程建设指挥部，各路人马陆续安营扎寨……

从车上下来的这一位交通局局长四十多岁，身材高大、结实，特别是他宽阔的肩膀那么厚实，让人感到那是真正男人的肩膀，不仅能载着全市二十万人民的交通安全的重托，还能平衡着善和恶的较量。他把面前公路两旁的待迁户扫视一遍，面前的一切依旧如故，根本无动于衷。

这是他们第十五次深入各家各户做工作了。

瘦小的仅三十岁的市拆迁办洪主任，五十多岁发胖的市房产局局长正要按以往的惯例去各户做工作，这时，交通局龙局长喊了一声："停!"

大家都又回到了路上，站在龙局长的身旁。

"现在都10月份了，眼看就要到施工期了。"龙局长皱着眉头，作为交通局局长，主抓施工的，此刻他心急如焚，"按以往再去正常地凭空做工作毫无希望，此路不通，不仅浪费了我们工作的宝贵时间，更重要的会耽误了宝贵的施工期，依我看得另想办法。"

大家议论纷纷，有的说，不管三七二十一，干！不管同不同意，就那些拆迁费了，大抓子一齐上阵呼啦平了不就完事了吗？还有人说，给他们在别处开个地方，盖一片子特区，让这些拆迁户拿着笤帚上炕，不就打发得乐哈哈吗？……

人们的议论，不是左就是右，没有一个让龙局长中意的。他此刻深沉地眯着双眼对大家说：

"我们是为全市人民的利益而来工作的，是为老百姓过得好、过得幸福才来这里的。既然是为了老百姓，我们就不能动硬的，老百姓也不容易，我们要考虑老百姓在想什么。我们要站在他们的角度去看问题。另一方面有人说给这些拆迁户盖一片特区，国家的钱也不是大水冲来的，就是能盖，也得慢慢来，一年之内能决定筹备好吗？所以我们要着眼于眼前的现实。"

大家默然。

"为了能够尽早尽快施工，我看，这么办怎么样？"他认真地考虑了好一会儿才一字一顿地说，"给这些拆迁户，凡是立马主动同意拆迁并办手续的，每户奖励人民币两千元，怎么样？"

他把目光扫向所有在场的正职、副职及其他有关人员。

人们异口同声地说好，这办法行！但这钱谁出呢？拆迁办？房产局？人们都没有往下再说。

"这钱我出，交通局出！"龙局长一字一顿，掷地有声。

二

通知贴出后，拆迁户们心里暗自窃喜，终于等来钱了，两千元钱对这些农民来说不是个小数目，但对那些家里几十坰地甚至几百坰地的大农户来说，他们会不屑一顾。但这些拆迁户里真有个大农户，而且家里开着小卖店，按理他是会不屑一顾的，但他贪婪心太重，导致了他犹犹豫豫地就来到了市拆迁办的三间砖瓦房里。本来他是想看一看，再琢磨琢磨的，可他到屋里一看，人们都争先恐后办手续、签字、摁手印，手里抓着一把红票子，他看到那些红票子就眼馋了，心想，别人家都是三间以上的大砖房，有的还是新盖的呢，我家房东只是割去一个偏厦子，才二十多平方米，不仅补偿一万多，而且还有两千元奖励，合适、合适。于是他也挤过去签了字，摁了手印，也领回一大把钞票，心里有点甜滋滋的，却又疑疑惑惑地回家了。

他是个七十多的老头子了，性格孤傲、倔强、单纯，他从不会站在他人角度去考虑关心人、爱护人。他老伴也将近七十了，有两个儿子、三个女儿，最小的也已三十多岁结婚生子了，子女们有的在外地工作，有的在本市。现在他家住的三间砖瓦房也有二十多年了，是他和儿子们当年在国家鼓励农民开垦荒地时，可劲开了八十垧地，种出来的。如今，在这三间大砖房里，儿孙满堂，开始安享天年了。想不到现在国家征用他的偏厦子，这又给他平静的心湖重重地投了一块千磅重的大石头，使他日夜思量权衡：补偿和拆除，补偿和拆除……不管怎么说，国家在这里修扩，对他来说绝对是一件大坏事。警惕、防备、抵触、算计……整天充满了他的脑海和心房，弄得他经常彻夜难眠。

他把钱和协议拿到家里，老伴见了，满心欢喜，数着数着钱，老伴脸色就有点难看了："就这点钱，还把你乐得屁颠屁颠的，你怎么不和我商量商量再去呢?!"

三

市交通局局长办公室，龙局长坐在宽大的办公桌旁，一会儿手握鼠标在液晶电脑前点击查阅资料，一会儿又拿起电话往外打，一会儿又有好几个电话打进来，一会儿下属敲门进来汇报工作。他的大脑在一刻不停地紧张地工作着，他那严肃、自信的神情，严谨、缜密的工作作风和他聪慧、思敏、果断的处事决策，让全局的人都对他肃然起敬，敬佩不已。甚至，有些胆小的工作人员对他不敢多说一句话。其实，经常与他一起办公的副职们都知道他这个人，他是一个心肠非常慈善的人，看不得任何人受苦、难过，甚至都包括他的对立面。他暗地里信主，但从不聚会，他信主别有特色，信的是红色的主，他吸收了《圣经》中原有的慈善又加入雷锋的精神，他把雷锋那幅经典标准的头戴棉军帽胸前斜握冲锋枪的半身相片挂在他办公桌的正对面，每天都默默凝视一二分钟。他这个秘密身边的人都知道，但都心照不宣。他又是非常随和的人，对人能直心说话，不留不藏。有气能骂出来，有苦能讲出来，有乐能逗出来，除了这些，他大部分时间是一个有修养很文静的人，因为他有一个美好心地的天性。因为他高中毕业当过教师，是一位很有文化底蕴、人生感悟和经历很深厚的才子型官员。有一次，一位同学非常佩服他，很喜欢他的既有大气大度，又不失柔情善心，敢说敢做，敢作敢为，顶天立地，我就是我！就送给他一幅自己写的条幅："一代天骄，雄才大略。"他喜欢得不得了，可是他却当场对同学说："这个不能挂，收藏起来留作纪念吧！"

"丁零零，丁零零……"办公桌上的电话又响起来了，他迅速地拿起来接听，瞬时脸上露出了兴奋的喜色，那边的讲话简直能触着他的每一根因兴奋而绷紧的神经。

"龙局长，告诉您一个好消息，全部拆迁户都同意拆迁，签了字、摁了手印，领回了拆迁款和两千元的奖金，就连那千难万难的钉子户、那个难缠的张万玉也领回了钱，而且我又给他多加了两千元确保万无一失……"驻扎在指挥部交通局副局长战斗从前方第一时间向局长发回了消息。

"好，好，太好了！！！"龙局长高兴得一拳砸在办公桌上，小国旗、一摞书和电脑也在一瞬间分享着局长的快乐高兴地往起一跳。

"你通知各路施工队明天早上八点，开始施工！"他果断的声音因激动而比平时更响亮了好几倍，连楼内的人几乎都听见了。

放下电话，龙局长在办公桌旁坐不住了，他起身在屋内踱起步来，脑子里满是兴奋之余的快乐。因为这一重大工程关系到全市人民经济、生活的大发展、大跨越。这个大发展、大跨越取决于本市与俄罗斯对华贸易的逐步升级，而升级是随着运输效率提高而决定的，提高运输效率，就要扩宽公路使运输车辆畅通无阻……此时，他以往那些无数的走街串户的劳顿，夜以继日的思索，苦口婆心地给钉子户摆道理、摊利害、放下面子的忍让退步，为了工作的进展而隐忍地受人污言秽语……都一股脑地烟消云散了，取而代之的是快乐、快乐、快乐！

四

翌晨八点，副局长战斗下达了破拆命令，顿时，公路两旁，两个大抓子一面一辆，两只"巨手"高高地举起"咔嚓嚓……"地拆开了，黄尘随挖掘机巨大的轰鸣声向天空升腾，附近远处看热闹的人们三个一帮、五个一伙地观望。一间间破瓦房，一间间旧草房，随着新时代巨手的划拨回归到大地的怀抱，那一声砖石的碰响，和木料拦腰截断的咔咔的惨叫，是对过去的一声声无奈的叹息……

三个小时后，公路南侧的大抓子抓平两栋砖房后，又高高地扬着大爪子雄赳赳、气昂昂地向张万玉家开来了，刚到他家院旁，就从三间砖房里冲出张万玉和他的老伴，随后又跟出了他的三女儿小翠、小女儿小荷，还有十二三岁的小孙子、小孙女一大帮。

张万玉和老伴冲到正在行驶的大抓子前，两臂伸向天空："停、停、停！"他声嘶力竭地高喊，"谁让你们来的。啊，无法无天了！"他的声音被轰鸣的机器声淹没了一大半，剩下的声音变成了隐隐约约、微微弱弱的。这微弱的声音传到了驾驶室副驾驶座位上的战斗副局长耳中。他见此情景，感到非常吃惊。对他来说简直是猝不及防，根本没有思想准备，继而他由吃惊转为愤怒：不是已经签完字领了钱同意拆迁了吗?！怎么又反悔了呢?！妈的，这是什么人家?！他在心里狠狠地骂道。

战副局长是个三十岁的年轻人，虽然中等个头、清瘦，但像他的名字一样却有战斗力，性格火暴却又不失理智，这是他一贯的处事风格。此刻他气愤地对驾驶员说："吓唬吓唬这个老头子，继续往前开！"

大抓子开到离这两个老人一米远的地方，司机把早已准备好的双脚猛地一踏离合器，刹车起作用了，大抓子在老人面前戛然一停，虚晃一枪没有奏效，倔强的两位老人没有被吓着，丝毫没有逃避的举动。

战副局长从车上跳下来，火冒三丈，但对六七十岁的老人又无可奈何：

"不是同意拆吗，怎么又反悔了呢?"战副局长本来就大的眼睛，这会儿瞪得更大了，直冒火星子。

"有种的，从我身上轧过去，咋不往前开了呢?"张万玉用干瘪的老手直拍自己的胸脯子，他是一个高个子干瘪的老头。

他的老伴一脸凶相，手指着司机："给我滚回去，滚回去……"

司机一看这架势，也来火了，本来是下车看热闹的，气得转身上了车，但他不是退回去，而是把车熄火，反倒不走了。

"你不走，是吧，好，我回去取大斧子把你的车砸了。"那瘦弱的老太太真的回去取了。

战副局长本来想摆开战场理论一番，现在看来，连说理的机会都没有了，他不得不先考虑大抓子的安全和司机的利益。

于是他向司机使了一个眼色：撤。

"我们先回去。"战斗向张万玉说，"你好好考虑考虑吧！"说完就与司机登上驾驶室把大抓子开走了。

战斗副局长上车后，及时地用手机把这个突变的情况报告了龙局长。龙局长听了又立即把这个重大的事件汇报给市长。市长当即做出决定："今天下午你先去做一下工作，看看什么情况！"

五

下午，龙局长、拆迁办洪主任、房产局傅局长，还有这个天河镇的镇长、党委书记，一大群人来到这家"钉子户"现场办公。周围一大片围了几十辆黑色和白色的轿车，全镇来看热闹的农民间或停留在其间，一辆大抓子高高扬起大爪子停在偏厦子附近，只等一声令下。

龙局长一行再次查看了现场的处境，眼前这家偏厦子处在三十米长的公路扩建的位置上，这里的断头路已发生多起交通事故，如不抢前提高施工进度，这里可能将发生更大的事故，而且最佳施工期很快就要过去。这些，不仅在龙局长的心里装着，随行的洪主任、傅局长和周围的群众及县里的各层领导心里都明镜似的。

龙局长一边从路上走下来，一边望了望远处正在紧锣密鼓、热火朝天，拆迁的拆迁，施工的施工的情景，更是心急如焚：

"决不能因为这一小段路耽误整个工程的进度。"

话音未落，钉子户哗啦一下像炸锅了一样从屋里冲出大人、孩子、妇女一大群人，把他家房西侧的偏厦子围上了，如临大敌。

"协议也签了，补偿费和奖金也领了，也同意拆迁了，怎么现在就反悔了呢?!"龙局长来到偏厦子旁对张万玉说，他真想大骂张万玉一场，但此刻从长远考虑、从大局着想，不管怎么说，他是个七十多岁的老人。龙局长暗暗地压着火气。

张万玉的老伴走上前来："大家都来看看，这不是明摆着吗?"她右手比画着眼前的偏厦子，"路在偏厦子这里过，偏厦子紧贴着我家的主房，路加宽之后，我家主房离公路只有一米远的距离，你们说这房子在路边不是很危险吗？这房子还能要吗？"

"但是国家没有这个拆除规定，因为你这是先建的房后修的路。"拆迁办洪主任反驳。

"我不管有没有规定，反正这个房子成了危房，要拆，偏厦子和主房一起拆除，按每平方米八百元，一共二百平方米，你们给我拿十六万拆迁补偿款，我就让开，随你们修，要不，你们别想从我这里过……"张万玉的老伴越说越激动，越说声越大，说着说着，她就捂住了胸口，弯下腰，痛苦而微弱地说，"这老命我也不要了……"

"我妈有心脏病，如果我妈有个三长两短的，就让你们偿命！"三女儿小翠忙上前扶住妈妈，瞪圆杏眼威胁着眼前的几位领导。她有三十多岁了，她和她的孩子现在一起住在她的妈妈家。

"路真是修到我们家门口了，这房子我们不能住了，拿出十六万，你们就修，不拿十六万你们干脆别想！"张万玉横得口出狂言。

"别把大话说得这么早，这是国家省级公路，你们挡不住的，我劝你们尽早识时务吧，免得鸡飞蛋打。"房产局傅局长气得上前插了一句，每个字像扔过去的石头蛋子重重地打在他家每个人的心上。

"照你这么说国家还没有王法了?!"张万玉谁都不管，多么大的领导他都不放在眼里。

……

就这样双方僵持一下午，劝说工作丝毫没有进展，天渐渐要黑下来。龙局长非常着急，这时市长打来电话询问工作进展情况，市长一下午都坐在自己的办公室里，每五分钟就给龙局长打一次电话，这是第十次了。这是通往口岸，关系到松江市的经济发展而扩宽路面大通道的最后决战，因为施工期马上就要过去了。

龙局长站在稍远处一土坡上接着市长的电话：

"看来，说服是没有希望了，现在我们应该到强行拆除的时候了！你站在第一线了解真实情况，这个决定由你来做，这个命令你来下！"

龙局长完全可以执行上级的命令，快刀斩乱麻，一声令下手下各路人马一拥而上就把那个偏厦子夷为平地，进行施工。可是，他举目看了一下这个浩荡的拔刀张弩场面，强大对于弱势，国家对于个人，他有些于心不忍，他也曾是从平民百姓过来的，他总是把官方的角度移开再站在平民的角度去看问题。他想象着，一声令下后，他眼前出现的情景，两个老人拼命阻止，烟尘中妇女小孩的一片哭声。那个张万玉的老伴不知是真有心脏病还是假有，而且天已经黑了，总之，后果预测不到。因为没有充分的准备，这样的惨景，这是他这个局长一贯不愿看到的。局势已到了山穷水尽的地步，大局在即之时，最后，龙局长狠了狠心：放他一次，撤！

有谁能掂量出在非常复杂的情况下"宽容"这个词的分量有多么重！

"哗"，大队人马像退潮般撤了。

六

"你们的情况是先盖的房，后修的路，按《公路法》法规条款规定的范围，是不在补偿之列，但是，市政府顾全大局，考虑到你家的经济利益，如果在同意拆迁、施工的基础上，政府研究决定可以破例给你家五万元补偿款……"

龙局长又一次带领几个单位的联合工作组到张万玉家做工作，没等龙局长说完，就被张万玉打断了：

"不行，太少了，绝对不行，不拿十六万元别想从我家施工！"张万玉耷拉着瘦得松弛的眼皮，头摇得像个拨浪鼓。

此时，他的老伴也瞪着三角眼，像要吃人似的，闪着锃亮的光芒："要么，你们拿十六万，把房子全拆掉，要么你们就别施工。"

"爸、妈，你们就别横着了，咱们的主房子也不扒，还是咱自己的，只舍出个偏厦子就净得五万，知足吧。再说你也别让我在中间作难了。"张万玉的二儿子是组织部的一个主任，市政府责成他单位的领导让他来做工作。

"你这个小犊子，吃人家的饭，拉人家的粪，你连你爹妈都不要了，哪一天一辆大汽车睡着觉了，一下把这个房子撞碎了，你就高兴了！"张万玉说着，就要拿家什揍他的儿子，被他的朋友，多年交情的朋友劝阻了。

"如今，你要想得开，五万不是小数目，你抓到手的才是钱，你想要的，那是没影的事，还是现实一些吧！！！"这是他平时最好的一位朋友，是全部站在他的角度为他看问题。他也是政府派来劝说的。

"你少插嘴，这里没有你的事！"几十年的老朋友，从来没有红过脸，现在翻脸了。

"如果你同意施工，我们交通局在市政府五万元的基础上再奖励你两万元。"龙局长想了很久，心里想，他们这么多天因吃不好、日夜无眠地考虑这件事而瘦得像个干柴棒子挺可怜的，目的是早日让他们从这个日夜煎熬的思绪中走出来，也就是从贪婪这个死神的梦中走出来。

"再加两万元才七万元，十六万的一半都不到，七万元去哄孩子吧！"张万玉的老伴向龙局长翻着三角眼，目光里有一种阴森森的感觉。

"这可是最后一次了，过了这个村，没那个店，如果不听劝，以后你们就知道了。我再说一遍，这是最后一次机会了，机会失去了，想找都找不回来了！"

"记着我的话，等到强行施工的时候，你们就后悔了！"龙局长说完，推门从张万玉家出来了。

七

现在不能存在侥幸心理了，摆在我们面前的只有四个字"强行施工"！市政府会议室里，市长分析形势后，动员部署。

交通局、房产局、拆迁办、卫生局、公安局、天河镇共六家单位联合召开了专项会议。

"现在宣布强行开工指挥部名单：总指挥：公安局副局长高波，副总指挥：交通局局长龙潜、拆迁办主任洪达……"

市长宣布完名单和分工，就宣布开工日期："明天，10 月1 日。"

"市长，明天是国庆节，能不能躲开这个喜庆的节日。"人们都知道强行开工时是一个惨烈的时刻，说话的人是天河镇的党委书记，他以为市长忘了那个节日，就好心地提醒一下。

"什么，10 月1 日不能行动？是你不想干了怎么的，不想干我现在就能把你撤了！"会议室里刚开始就充满了火药味，现在就要爆炸了，因为施工期限迫在眉睫。施工期一过就不能修路了，运输车辆停一年，全市经济损失是不可估量的。市长接着说，"这都什么时候了，还顾节日！"

第二天早上九点钟，钉子户张万玉房前屋后都停满了小轿车、推土机、大抓子，间或有黑压压的一大片人，有施工的工人，有各单位干部，更多的是来看热闹的农民群众，都在等那惊心动魄的一幕。

突然，张万玉从屋内跑出来，他用手高举着一本书："大家看呀，这是《物权法》，就是今天10月1日颁布了《物权法》。"他飞跑着，轻得像片树叶，在空中挣扎着不愿落地。他那瘦得一把骨头的样子是因日夜思念钱而干枯憔悴。局势已经瓜熟蒂落了，张万玉还没有看出来，仍执迷不悟。他此刻又像被风吹进了大海的一片落叶在水面上挣扎着挣扎着……

有人要去救他，这个人就是龙局长。龙局长感到他很可怜，就走到他面前不屑一顾地说："你拿这本书也没有用，在强大的国家政策面前，你还是理智一点，我现在再给你一次机会，如果你现在答应了，你就得了，如果你现在不答应，过一会儿，你连现在的机会都没有了……"

"你把我家害成这样，你现在还装好人啊。"不等龙局长说完，他操起一根大木棒就要打人，立刻就被身旁正严阵以待如临大敌戴着钢盔的威严的武警战士阻拦。此时，他的老伴拿着铁锹又冲上来，也被武警阻拦……

此时，公安局副局长高波忍不住了，眼里喷射着愤怒的火焰："到时候了，龙局长！"

"这家人完了，钱迷心窍出不来了，你是总指挥你做决定吧！"龙局长说完转身走出人群。

"强行开工！"总指挥高波狠狠地高声下达了最后的命令。

大抓子启动，挥动巨臂向偏厦子抓去……张万玉老伴冲出人群向大抓子扑去，扑到大抓子上就不下来。这时早已待命的医院120救护队和戴钢盔的武警一拥而上，抬胳膊的抬胳膊，托腿的托腿，把老太太整个托起来。老太太挣扎着，就像一片落叶被风刚刚吹进惊涛骇浪里。这时，她的女儿们、儿媳们一大帮也一拥而上撕扯着、呼喊着、哭叫着，震天动地连成一片，七八个五六岁的男孩、女孩依次站在土堆上"哇哇"大哭起来，这情景很容易让人联想到战争年代……

龙局长坐在车里眼睛有点湿润，他太心软，他很不愿意看到这个情景，这个情景是他早已预料的，也是无力挽回的，这个场面让他想到每个家庭都应该有个温馨的家，都有一双幸福的老人，可是，世界为什么偏要这么颠倒呢！

究竟是哪一方错，哪一方对呢？

龙局长疲惫地闭上眼睛。

张万玉和他老伴被抓进警车里，他们的女儿、儿媳也被抓进警车里。只见大抓子一下一下就把他家的偏厦子抓倒了，黄尘灰土一股一股冲向天空，一会儿就夷为平地，推土铲上来了，一铲一铲把废墟推到远处……

"哗"，一片掌声，人山人海的老百姓在拍手叫绝。

张万玉家人都傻了，呆了，张万玉的老伴也没有心脏病了，清醒地说："把我放了吧，我要回家！"人们把她放了，她回家进屋就拿出大斧子冲上来还要拼命，被警察和120人员又塞回她的主房里。

一个小时后，他们家人都冷静下来，感到大势已去，这才想起政府要给的那五万元钱和交通局承诺的两万元奖励。就从屋里传出话来，要求签字要那政府要给的五万元和交通局奖励的两万元。

龙局长走过去，说："你们早干什么啦，现在晚了，没有机会了。"

"你们不是承诺的吗？"

"那时和现在不同，承诺是在你们能配合的情况下，现在性质不同了。你们不配合，就没有这份承诺。"说完转身离去。

这时围观的人们都走了，现场的领导干部们也撤走了，工地上只有施工的工人忙忙碌碌。

"你们要是敢破坏已修的路，国家刑法在等着你们！"临走，龙局长扔下一句话。

八

在交通局办公室里，龙潜局长和每天一样刚刚处理完纷繁复杂的业内事务后，便随手从办公桌的抽屉里拿出一本黑皮革皮《圣经》想默诵一段，但今天与往常不同心情烦闷，看不下去，只好双手合十，凝视办公桌对面墙上的雷锋半身相片片刻，便双眼微闭，默默祈祷："行善积德，无怨无悔，人在做，天在看。"这是他始终的做人信条。人生在世，白驹过隙，强行拆迁这件曾是惊天动地的大事，一晃过去两年有余了，这在全市人民的记忆中早已烟消云散，而在龙局长的心空中却一直是愁云密布！那惊心动魄的场面，那直冲云天的黄尘，那像断了线的风筝一样的风烛残年的老人，男女老少的一片哭喊声时时浮现在他的面前，萦绕在脑际。两年多来，最困扰和不能让他释怀的就是张万玉这个拆迁事件，是怨是恨是怜悯还是抵制是良心还是责任？他常常反思和发现又常常扪心自问时过境迁的对与错、情与理、贫与富、强与弱、进与退、善与美、丑与恶、得与失，这些都在他脑际里交织一起混沌一片，唯有一种信念是清晰的，这就是不管怎么说人总要行善以宽容慈悲为怀！人以食为天，人世间哪个人不是为了一张嘴才争取自己应得利益甚至不惜生命的代价，自己每天上班工作不也是为了一张嘴吗？他释然了张万玉一家人拼命的执着，也同情两年来张万玉老两口常来交通局索要拆迁费间或不断上访又毫无结果的悲凉。时间是洗刷一切忧愁怨恨的清洗剂，但这清洗剂没能洗刷掉给他带来的后果和他对这件事隐隐的歉意和后悔，虽然不全是他的责任，他还是想挽回，成全张万玉一家的要求，尽求圆满，达到人生走过之后的无怨无悔！在人间，灵魂重要还是物质重要，不就是那十多万元吗，十多万元能值得换六七十岁的两位老人的为此常年累月心力交瘁、废寝忘食疲于奔命的撕人心肺吗？他想开了，于是他在去年3月曾与副局长战斗商量，看看想什么办法把张万玉的十六万元凑齐，给他们算了，满足他们，了却这桩彼此折磨人的心事！

"笃，笃，笃"，一阵敲门声打断了他纷繁的思绪。从极熟悉的细微的敲门声的节奏和轻重的听觉中，龙潜知道这是秘书小王。于是他急忙把《圣经》放回抽屉里端坐地应声："请进！"

"龙局长，新调来的市长到任了，他不举行欢迎会，直接办公，今天上午十点钟在市政府召开市长办公会议，参加会议的是全市区各局、各乡一把手，会议主题内容是传达新出台的'拆迁法'和我市城乡人民发展规划。"小王秘书凑近龙局长低声说，"张万玉老伴今晨又早早来了，我说您今天在市里开会不来局里了，她说她等，等着等着这会儿在门口收发室的办公桌上又睡着了！"

秘书说话那诡秘的神情，龙局长不抬头看都会感知，他淡然地说："好，知道了！"

当龙局长随秘书小王走出办公室经过大门时，他看到收发室里七十多岁的张万玉的老伴正伏案睡着。他驻足停了一下，透过玻璃窗他看到她的白发苍苍，看到她那沧桑而憔悴的睡姿，内心掠过一阵同情的战栗和复杂的愧疚。

龙局长和秘书坐进交通局门外的米黄色大型的轿车里，轿车驶向市政府，龙局长坐在车里掏出手机刚要给战斗副局长挂电话，他的电话就响了，真巧，是战副局长来的："龙局长，我与房产局的傅局长、拆迁办的洪主任还有天河镇的镇长余波都沟通了，他们和你的想法一样，愿意在自己单位拿出一笔钱凑在一起付给张万玉这笔拆迁费，但现在时过境迁两年了，而且当时又有定论，现在拿这笔钱师出无名啊！"龙局长听后想了想说："这样吧，你告诉他们，就说我说的，在今天这个传达新拆迁法会议上我们一起向市长提一下我们这样的方案！"

"好，我这就告知他们！"

九

　　下午四点半，市长办公会议散会了，人们从政府大楼走出来，个个喜形于色，春风满面！特别是龙局长更是喜气洋洋，脸上挂着久违的笑容，两年多来忧郁的神情无影无踪了，他与拆迁办洪主任、房产局的傅局长、天河镇的余波镇长边走边谈笑风生。此时，秘书从身后赶上来，龙局长急忙兴奋地对小王秘书说："市长非常支持我们的方案，对于张万玉的拆迁费市长当场作出批示，我们有关各局，每局出资两万元，剩余市政府包大头，按照新出台的拆迁法标准，拿出十万元，共十八万元，而且指示特事快办，迅速办理给付！你现在立即给局办公室主任打电话，让他通知张万玉老伴回家取身份证，这事你与会计和出纳到市政府和财政局明天上午办妥！"

　　新调来的是江涛市长，在龙局长的脑海里，江市长在会上的讲话还萦绕于耳："让广大群众无一遗漏地过得好，是我们唯一的工作原则和责任，群众的满意，就是对我们最好的奖赏！现在告诉大家一个令人振奋的好消息，经过在农场试点，我省在大部分农村地区进行推广，这就是村屯的老百姓可以以平房换楼到城里住楼啦！具体的规划与实施，一会儿向大家宣读文件。"顿时哗的一声全场一阵热烈的掌声，市长的话像一缕春风，拂过了干部们久渴企盼的心田。

　　翌晨，龙局长早早就驱车奔向九十多里外的正在加紧修筑的水泥山乡路段，这是他每天例行必须监督检查的路段，是日夜抓紧施工的路段。由于时间和条件的限制，他常常一天吃不上饭、觉不够睡。在上午九点多钟就接到局里打来的电话通知，省交通厅李厅长要来市里检查工作，于是他又立即赶回局里安排迎接工作。

此时，龙局长在赶回的路上，轿车在城乡的水泥路上平稳地行驶，他又惦念张万玉的拆迁费也不知办得怎样了，昨夜他又熬了大半夜，到下半夜三点多钟时与技术人员在施工现场解决急待解决的技术和施工问题，否则就会耽误第二天的施工。他打了个哈欠，眼神渐渐有些迷离……

春天，河边的小草刚刚长出一寸长的时候，母亲带着九岁的小龙潜来到了村北五六里处黑龙江边的一条清亮亮的小河边，年轻美丽的妈妈在水边洗完衣服，又在绿茵茵的草地上用几根木杆搭了架子，把衣服晾在上面。在妈妈洗衣时小龙潜则在河边用竹竿漂钩钓鱼，刚开始惊喜地钓了几条鱼，后来不大逗钩了，就玩起哥哥给自己的把树丫去皮涂上蓝钢笔水做的弹弓。他上了泥弹在平地上瞄来瞄去没有目标，就顽皮地瞄上了妈妈晾晒的衣服，一下两下三下，泥弹子射在湿漉漉的衣服上，留下一个个黄泥点子。妈妈发现了就放下正洗刷的鞋，来到他身旁并没有发火骂他打他，而是慈祥地温和地笑着说："你这淘气的孩子，别打了，衣服让你打脏了，脏了妈妈还得洗，你怕不怕妈妈挨累？"他立刻听了妈妈的话。妈妈又重新洗了那用弹弓打脏了的衣服……一条乡间大路曲曲折折通向遥远无际的天际，长大了的小龙潜背着行李站在路上，他要出发上大学去了，他有些舍不得离开妈妈，他深情地望着中年妈妈那因生活的辛劳而过早地刻上了皱纹的脸、充满慈爱的脸……妈妈拿着一沓钱塞进他的上衣兜里："在家千般好，出门事事难，没钱了，再捎信来我给你邮……"……他一恍惚，不知怎的妈妈的头发变成了花白，他一惊，刚想问是怎么回事，母亲转过身来，原来不是母亲了，是张万玉的老伴，沧桑的脸上布满风霜岁月雕刻的痛苦……他吃惊的嘴巴定格在张开着……"叽叽……啾啾"一只春燕掠过他的眼前……

倚在车中后排绵软靠背座位上睡着的龙局长一惊，睁开眼睛，从梦中惊醒，手机铃声的燕叫还在响着"叽叽，啾啾……"他忙打开手机。

"您好，龙局长，那笔十八万的拆迁费已从财政局里提出了现款，在我局里，您看再怎么办？"小王秘书在电话那边说。

"好！"此刻，龙局长眼前又闪过刚才的梦境，母亲早就不在世了，莫非她想我了？我也很想她，她要活着今年也有七十八岁了，应该是与张万玉老伴相差不多！他想了片刻，决定亲自把这笔款送到张万玉的手中，尽管，此前还没有这个念头！"王秘书，你与房产局的傅局长、拆迁办的洪主任和天河镇的余波镇长联系一下，中午我们一同去张万玉家送钱。对了，你转告战副局长，让他事先通知一下张万玉！"

"好，一切遵办。"

龙局长又沉浸在梦境里，思绪万千，他又从痴想的深邃的目光中收回心思，用双手抹了一下疲倦的脸。

十

　　自从张万玉被强行扒掉偏厦子后，他就与老伴天天靠住交通局，风雨不误，索要那七万元的拆迁费，要了半年毫无结果。于是，又上访，各级都访遍了，最终还是发到基层处理，于是，他们又风霜雪雨地天天靠住交通局，这两年，他们心力交瘁、食不甘味地想要那拆迁费，度日如年，像过了一辈子。他们原以为凭他们的执着会轻而易举地要回自己应得的那笔钱，可是经过了艰难之后，才感觉到人心真心的可贵啊，也就是说社会是个形式，而真实的热心和爱心才是可贵的内容。不管你是对和错，如果没有一个有心的人，成就一件事，千难万难啊！他们的思想由自信变得世故了，他们性格的尖利早已被两年多的磨难磨钝了。后来他们也释然了，命重要还是钱重要，俗语说"钱这东西生不带来死不带去"，人世间最可贵的还是人心！

　　得知交通局龙局长要亲自把钱送来，像平静潭水中投入了一块巨石，这在张万玉一家每个人的心中引起巨大波澜，有人给送钱，无疑是一件大好事，于是一家人欢天喜地的，准备迎接特殊的客人。

　　中午时分，龙局长一行，在张万玉家对过的公路上下车了。这是一个初春的季节，残雪在消融，雪水像泪水一样涔涔地流淌着，滋润着大地宽厚的胸膛！龙局长一下车，停了一下望着脚下与公路仅三四步远的张万玉的房屋，思绪万千，百感交集。当初，一声令下，黄尘冲天，哭天喊地，唉，往事不堪回首，不管怎么说，他心中隐隐藏着难以名状的内疚。听到车声，张万玉一家人早早出来都笑脸迎接了！张万玉、张万玉老伴、张万玉的三女儿，他们把这一行人喜气洋洋地迎进屋子里。

"老人家，"龙局长坐在炕沿上，双手拉着张万玉和他老伴两位老人的手激动地说，"这两年让你们受苦了，我代表有关单位向你们表示歉意！"他转而对张万玉老伴亲切地说，"我母亲过世早，要是活着也比您大不了多少，见了您就像见了妈妈，想念妈妈了就想来看望您！"说着，他从秘书小王手里接过一大摞百元拆迁款，交给张万玉老伴。

张万玉一家人都把目光投到这一大摞钱上，张万玉心想，看这大堆钱，肯定超过原来的七万，心中窃喜；局长滚烫的话语让张万玉的老伴激动不已，看到钱，她也不在乎钱的多少，只把两年来的辛酸化作了无尽的喜悦。三女儿小翠也凑过来，心事重重！

"这是市政府、房产局、交通局、拆迁办、天河镇联合集资付给你们的拆迁费，共十八万元，请当面点清！"龙局长接着说。此时会计走过来，拿着一张收据单和笔让张万玉签字。

原来我们要的不是七万元吗，现在怎么多出十一万元呢？这十八万只是偏厦子的钱还是也把我们现在住的正房也算进去了，以后再拆？看到这么多钱，张万玉老两口都蒙了，是不是他们拿错了钱？心里画了魂，但谁也没敢问，倒是他们的三女儿小翠伸过头来响响快快：

"龙局长，这十八万元就是我家偏厦子的拆迁费呗。"三女儿也是在试探。

"对呀，就是你家偏厦子的拆迁费呀！"

听到这里，一家人激动得热血沸腾，我们要七万，却给我们十八万，多一倍还多，这是怎么了，对我们这么好？

张万玉老两口激动得又抓住龙局长的手："你对我们这么好，真谢谢你们！"

"不要谢我们，要感谢党的好政策，感谢市政府，我们是按新出台的'拆迁法'按你家偏厦子总面积的平方米计算付给你们这十八万拆迁款的！"龙局长明明白白地告诉他们。

点钱，签字。

"你们有啥要求和困难尽管说，我们尽全力解决。"龙局长又说。

其实，从拆迁那天起，老两口就开始担心，这房离高速公路这么近，只有二三米远，哪天大货车司机睡着了，不得把我们的房子撞碎了！他们的担心不是没有根据，这条公路从天河镇拦腰穿过，公路两旁的民宅距离公路只有二三米远，去年真就发生了一起交通事故，一辆俄罗斯大货车，司机由于喝了些酒，就把大车从人家的西房檐进去，又从东房檐出来，当时幸好房子主人没在家，空房，才避免了一场惨祸发生。从那时起，张万玉一家人就天天开始担心，白天害怕，夜里一听轰隆隆的国际大货车的长长的车队路过，全家人就吓得睡不着觉了！于是，老两口就战战兢兢地把这担心向龙局长说了。龙局长说把你们这事回去向市里汇报，老人家放心，我们一定会解决的！

十一

　　龙局长回到单位后，立即将张万玉的愿望和其家现住房的情况及天河镇穿街公路两旁的住户情况向江市长作了汇报，江市长随即组织安排有关单位组成调查组走访核实，并计划、安排、落实，把收集上来的情况，在召开的几次专项讨论会上讨论，又召集相关部门分派任务，各负其责，协同合作，正全力以赴紧锣密鼓地做好拆迁和安置工作。江市长当过兵，他的工作作风总是处在冲锋陷阵气氛之中：马上快办！说到时立马做到，做到立马见效！正在此时，省交通厅的李厅长来到江城市检查交通工作，江市长和他一起驱车来到了离江城市东部四十多里的天河镇。

　　他们下了车，顺着穿街公路步行查看。路两旁的民居离公路只有二三米都是这样距离，有五十多家。

　　"李厅长，离公路近的这五十多家都已市镇规划、签约，已确定安置的市内楼房，近日将乔迁新居！这些具体工作都是龙局长亲自入户做的。"话音里身材魁梧高大的江市长在李厅长面前对本市交通局的工作很满意，同行的龙局长听了心里甜滋滋的。

　　"拆迁户群众的情绪怎么样？"李厅长关切地把脸转向龙

局长。

"都很响应，每人脸上都喜滋滋的，他们说，平房换楼房，我们做梦都梦不到！"

"好！群众的愿望就是我们的工作，群众想什么我们就要做什么，哈哈……"李厅长笑了！

"李厅长，咱们走几家去！"江市长说。

领导们走的几家比龙局长说的还要响应得热烈！此行的大小领导也被感染，心里像有了喜事，一改刚来时的严肃气氛，谈笑风生。

走着走着，忽然，龙局长指着紧挨路边的一排四间房对李厅长和江市长说："你们看，就是这排砖瓦房，去年被一辆俄罗斯大货车从西山墙开进去，又从东山墙开出来，幸亏当时屋里没人，不然，当时就会出惨祸了！"

"这是一个大警钟，把我们震醒了，算是我们醒得及时，不然以后不知有多么严重呢！"江市长凝重地说。

沉思片刻，江市长又对龙局长说；"龙局长，你带我们去老上访的钉子户那家去看看！"

"那家就是张万玉！"龙局长指着前面不远处紧挨路边的三间砖房说。

"老大娘，这些年让你们受苦了！"一进门，江市长的第一句话，让两位老人感动得眼泪哗哗的。

张万玉一家人看到的这位说话的人，也就三十多岁，形象高大，四方阔脸，是一个典型的东北大汉，那厚实的肩膀让人想到全市人民的重担放在他的肩上是多么让人感到放心、亲切和欣慰；他那和蔼可亲的面容他们是多么熟悉啊，每天晚上七点半的市新闻联播，都在看到这位市长为全市人民操劳、忙碌，看到电视里的市长真的像做梦似的来到自己家里，想到两年来的艰辛和委屈，想到眼前市长的亲切关怀，他们老两口怎能不激动呢！

龙局长忙上前介绍说："这是新来的江市长，这位是省交通厅李厅长，他们特意来看望你们来啦！"

市长和厅长分别亲切地握住了两位老人的手，他们的手历经了七八十年的沧桑，两位领导的心里也沉甸甸的敬重！

听到介绍，两位老人破涕为笑了，他们紧紧握住市长的手激动和高兴得不知说什么好。

"老大爷、老大娘，这次换房满意吗？"市长问。

"满意满意，太满意了，真没想到，老了老了，还能住上楼房，做梦都没梦到啊！哈哈……这都托你们领导的福啊，你们为我们操心劳力也不容易！谢谢领导！"张万玉紧紧握着江市长的手说。

张万玉老伴乐得合不拢嘴，她抢着说："一平方米平房兑换一平方米楼房，而且政府已装修完毕，直接入住，我们都签好了合同，一切手续都办好了，就等统一往里搬迁入住了！"

"老大娘，那您家的新居是什么地方和位置？"江市长的情绪也被感染，激动地问。

"在市里的幸福小区6号楼，6单元，601室。"

"哈哈，都是吉祥数啊，去看过了吗？"

"还没有，我们这个年龄腿脚不方便，再说规定上说要我们这些搬迁户统一看楼，统一搬迁入户。"

"那我今天带您们去看新居，先睹为快，好吗?"

······

在宽阔笔直的水泥公路上，一队高级轿车向江城市疾驶而去，张万玉老两口坐在第二辆的市长车里，他们坐在市长身后，感到很新鲜、很激动、很兴奋。作为一介草民，千百万分之一的草民，今天能坐在市长专车里，他们感到这个世界的一切都是新的、都是亲的、都是好的、都是美的，他们一边和市长亲切愉快地交谈，一边望着车窗外像新时代掠过的一幕幕画卷……

公路两旁的迎春花还没有长叶，就红红火火地盛开在白桦林下了，开满在光秃秃的干枝上，鲜嫩、圣洁，一簇簇一片片绵延不尽，全是春的讯息，春的喜悦，春的未来，春的梦想，啊，春天又回到了人们的心坎上!

回响的枪声

其实，世上的生命都是一样的，灵魂也如此。一个灵魂托生在这个世上之前，他（它）是不能选择他（它）的外形和种类的；托生了人就驾驭人皮，托生了猪就驾驭猪皮，以此类推。不管怎么说驾驭猪皮不如驾驭人皮那么灵便好使。

——作者题记

一

时光倒流，让我们来到七十年代，松花江下游江畔南岸的两个村庄，去探究那曾经的灵魂和还在的灵魂吧。

青春庄和和平村这两个村屯是五十年代支边青年建的。和平村的人都是东北本地人，而青春庄是山东来的一群年轻的支边青年。山东人一般管村叫庄。当时他们在此建村时，为了纪念他们风华正茂的美好的青春年华，就取名叫"青春庄"。

青春庄与和平村东西间距只有一公里，坐落在一望无际的大平原上。两村的人彼此站在高处都能隔田相望，遥相呼应。

不知两村哪个村的村龄长，反正青春庄没有供销社，而和平村就有。青春庄的人自然都得去和平村购买东西。一出庄，首先沿着西去的公路必经让公路劈成两半的一脉大沙岗。由于庄上的人经常去和平村购买日用品，天长日久两屯的人大致都相互认识和成为亲属或朋友。虽是两屯，但像一个屯一样，只是隔着田间。和平村比青春庄稍小一些，但两屯都在三四十户上下。都是每户两间的土草房，最多的也就三间，也有个别的长筒房，不知有多少间，那是生产队的。在青春庄里给生产队放猪的是一个中年的邋邋遢遢的山东人，他戴着一顶黑毛的狗皮帽子，拿着的皮鞭是用机车上的三角胶带拴在一根比手指粗的木棍上制作而成的。每到早晨八点人们刚刚吃完饭，他就站在街心，挥手一扬皮鞭，用曲里拐弯的好听的山东腔拉长音了喊：

"送猪咪……""送猪咪……"

……

于是，各家各户争先恐后地从各个街巷里赶出自家的三三两两大小的猪，每只猪像个听话的小孩子，快乐地跑在前面就进了猪群，等到回来的时候，不用主人去领，都各自奔自己的家去了。清早的猪们融进这街心的大猪群里之后，人们摆脱了整天喂猪的负担，该干啥干啥。猪倌赶着一大群猪出了村庄，就往野外的青草地去了。

虽然和平村稍小，但耕地好像比青春庄多一些，青春庄紧靠屯西边大片的耕地都是和平村的。每到苞米拔节、稻谷飘香时节，生产队就派人护青，怕人偷又怕猪吃，难怪山东人喜欢养猪。猪多，自然有进地的。虽然天天有放猪的，虽然生产队天天用大喇叭喊管住自己家的猪别进地，但还是有猪时常进庄稼地里。这样一来，和平村就不干了，生产队就动了真格，武装护庄稼。组织了三个人，两个拿自己猎枪的，一个是给发了钢枪的。其中一个拿猎枪的看护和平村内的地，另两个拿猎枪和发钢枪的专门负责看护与青春庄接壤的在青春庄边的庄稼地。这两位其中一个拿自己猎枪的人叫走炮，平时是个业余猎人，拿自己的砂枪打些野鸡狐狸之类。另一个被发给钢枪的人是个大高个子长形脸，浓眉大眼，人们都叫他文大个子。护青看地这个活是生产队里最轻松愉快的活，整天在地里很悠闲，顶多二拇手指勾一勾。这一勾勾，事情就大了，不知他俩是个实在人还是心狠手毒，或是喜欢好奇取乐，青春庄的猪让他俩打死了很多。砂枪打的，猪身上是一个拳头大的洞，钢枪因是旋转的炸子，猪身上的皮肉就在子弹穿过的洞边撕裂成不规则的创口，像一块布被人撕扯一样。凡是被人通知自家的猪被打死的女人就疯跑进地里，去得及时的女人，猪感觉到了就最后"哼"一下，算是与天天喂它食的女人告别。女人看到自己家的猪在人家和平生产队里的地里被打死，像战场上一样放声地哭啊号啊，哭完号完后也无奈，因为猪进了人家生产队的地只有把恨埋在心里。于是家里的男人便找了朋友把猪不声不响地拉回家，煺毛卸肉，卖的卖，分的分，价格自然是很低的，这比白扔了强。全庄家猪屡屡被枪打死，一时间，青春庄的上空仿佛凝固了一般，家家惶恐，家家自危。

没人胆敢与枪手过不去，两个枪手打猪打得更起劲了。集体利益似乎在他们手上是那么神圣而正义的责任。这样，每家都把自家的猪看得紧紧的，地里的猪就极少了。走炮和文大个子各守一方，由于地里看不到猪，就手发痒；悠闲，太悠闲了就寂寞。于是两人悠悠闲闲地溜达，就在绿油油的一块豆地边碰到了一起。两人正唠得开心，忽然，他们的面前有一个黑影一闪，两人眼睛同时一亮，异口同声："有只猪，是只黑猪！"待他俩定睛再一看，什么也没有，高兴的涟漪恢复了平静。他们的心和枪口多日没沾荤腥了，便馋得悄悄地分头四下寻找，仍没见踪影。过了一会儿，他俩又碰到一起，刚要唠嗑，一个黑影在豆地里又一闪，他俩再找，没有。正失望时，听到身边有动静，一起回头，一头黑猪不胖不瘦，不大不小，正香香地有滋有味大口大口地捋着青青的毛豆角吃着，旁若无人，离他俩只有十多米！这下明晃晃在眼皮子底下看清了，原来是一头没有尾巴的黑猪！两人为了能打到此猪，大气不敢出，也不敢动，生怕这黑猪瞬间再跑没了影，但两人还是有了动作，不约而同地悄悄地举起了枪，同时勾火，同时哑火，两人同时目瞪口呆！

"神猪！"缓过神来的走炮说着自负地收起了砂枪。

此时，这头神猪像什么也没发生似的，闪着亮得逼人的眼眸仍用嘴捋着碧绿的豆棵，香甜地吃着嫩绿的毛豆。

"都什么年月了还信迷信，这是新社会不是旧社会，我就不信，什么他妈的神猪！"文大个子边说边拉三八大盖的枪栓，一颗金黄的子弹退出来掉到地上，他又极熟练地推弹上膛，端起枪来，正要搂火，黑猪没了。

二

第二天，走炮又来到了这片青春庄屯边的黄豆地看地。他坐在地垄上用手抚摸着他的单筒砂枪，又想起昨天遇"神猪"的事来，感觉文大个子说得对，什么他妈的"神猪"，是他砂枪的子弹没装引火帽！当时枪没响，神猪又没影后他才缓过神来把砂枪撅开，退出子弹一看，是一颗忘压引火帽的子弹。而文大个子的钢枪也查出故障了，那颗子弹确实是臭子，是十万分之一的臭子。

正想着，在走炮的眼前忽然一个黑影一闪，"真是想啥来啥，不能吧?!"走炮暗忖，他用手擦了一下眼睛，一看，又一闪，一个黑影从豆地闪现，真的是那头昨日看到的"神猪"！他一下来了精神，又一次把他的子弹仔细检查了一下，塞入枪膛，然后又"咯嘣"把砂枪掰直，就悄悄地摸过去。心想，这下可不能让你跑了！当他走到"神猪"闪现的那一片豆地时，什么也没有，就转着圈端着枪搜索，结果一根猪毛都没看见！正失望时前面两百多米远的地方，"神猪"在大口大口地从容不迫地吃毛豆。他顾不得再追，瞄也没瞄，举枪就是一枪，"咣——"一溜火光喷射过去，先解一下好久没放枪的"馋"，但没"吃"到肉！那"神猪"像没听见似的，照样吃得香甜，走炮心里明白，这么远的距离，况且这颗子弹放的是独子铅弹，那么远不定飞哪去了。于是他一边想着一边又推上一颗弹壳里足有一百多铅粒的子弹，又"咯嘣——"一下掰直。心想，这回，我这一扫帚过去，再能耐也跑不出我这弹雨。这下，他反而也不急不慌地大大方方地朝这"神猪"走去，越近越好，越近越有把握。当他走到离"神猪"二十多米时，刚从肩上摘下枪，那"神猪""嗖——"的一下钻入茂密的豆垄地里不见了。于是，走炮开始像平时打狐狸一样，端着枪，码着踪往前撵，还不时抬头向前看看，这黑色的"神猪"是否再现身。

走炮端枪走着走着就码出了黄豆地。刚一出地，低着看踪的头刚一抬起，就看见那黑色的"神猪"一闪就蹿进了谷子地。进了谷子地就有些麻烦了，谷子比黄豆又高又密，找起来更困难一些。虽然谷地里不好走，但生产队交给的使命使他更增强了信心，继续跟踪追击。正追着，一个高高的土堆挡在他面前，他灵机一动，就登上高高的土堆，坐在一根王八柳枝上。他的脖子上像安了一个轴承一样四面八方全方位旋转，雷达一样搜寻谷地四边"神猪"的踪影，以逸待劳。

到底没有逃出他的耐心、细致、认真的等候。他的一支烟还没有抽完，就看见"神猪"出了谷地，大模大样地奔附近的一大片玉米地去了。他下意识地抓起猎枪，但随即又放下，因为距离两百来米远，如果开枪就如同放鞭炮，还浪费子弹。这一阵追，走炮也被"神猪"练出老猪腰子了，他反而不慌不忙了，反正"神猪"进了苞米地它得吃苞米，慢慢摸过去，趁它吃苞米时，打它个实惠的。于是他把单筒砂枪漫不经心地往肩上一背，悠悠晃晃地唱着歌奔那"神猪"钻入玉米地的地方。

快到地方时，走炮把脚步放慢了，开始轻手轻脚地摸过去……他刚进地不远，就听到有清脆的吃苞米的声音。他悄悄拨开碧绿的苞米叶子一看，前面二十多米远的地方，一头猪在吃苞米，但这不是"神猪"是一头白色的大老母猪，足有五百多斤。它很大的肚子鼓鼓的，快要耷拉地上了！老母猪的两只硕大的耳朵耷拉着差一点就把眼睛盖住！由于它专心而香甜地吃着苞米，没注意来人轻微的脚步声。它吃完一棒苞米，又用长嘴咬断一棵苞米秆，沉重的苞米立刻掉到地上，它就把嘴又伸过去贪婪地吃起来，它太需要大量有营养的食物了，因为它肚里那么多宝宝正如饥似渴……

"咣——"一声闷闷的枪响，随着枪响，大母猪凄惨地号叫一声倒下了。一切都归于平静。

少顷，走炮背着还冒烟的单筒枪走近老母猪跟前，它的周围只有几棵倒下的玉米秆，离苞米地边只有几步。走炮用脚踢了一下死猪就回生产队报功去了。

"社员同志们，社员同志们，谁家的猪进地被枪打死了，地点是和平道旁的苞米地边。社员同志们……"

和平村的高音大喇叭正在广播通知。此时，正在找猪的一位三十多岁的村妇，心里"咯噔"一下，一片阴影掠过她的心头，她撒腿就往广播喇叭指定的地点跑去。这个村妇是青春庄二愣子蒋在锋的媳妇，名叫张玉娟，小名阿凤。阿凤是一米七二的个头，在女人堆里也是高个，她标致的身段穿着蓝地白碎花的夹衣，这是她平时养母猪下崽卖钱买的。俊美的容貌衬着她一头黝黑的秀发，平时她把秀发总干净利索地盘在脑后，而这会儿穿行在苞米地里找猪，被苞米叶子剐散开了，披头散发也不顾了，因为猪对她来说是命根子，每年的零花钱总靠着这头母猪。

今天中午，她家的母猪从放猪的猪群中回来。她喂完了母猪，本想让母猪在院子里稍活动一会儿，这样对怀了三个月的母猪有好处，想不到她在忙家务活时十多分钟的时间里这母猪就不见了！她就疯了似的急三火四地满世界寻找，她担心的事情到底发生了。她第一眼见了被枪打死的大老母猪就号啕大哭起来，她好看的大眼睛里泪水像开闸的洪水，模糊了双眼，肆意流淌……

白色的大老母猪静静地躺在阿凤的面前，任阿凤怎么哭也毫无声息，一动不动。鼓鼓的大肚子上一个拳头大的枪眼还在往外汩汩地淌血……这头老母猪在阿凤家很填活人，每年都下两窝崽，每窝都下二十多个猪崽，每只猪崽能卖三四十元钱。这是她家除了工分唯一的经济来源，这是她家唯一的希望。再有一个月就又该下崽了，可现在却化为乌有。她天天每顿都喂它。一瓢一瓢，天长日久七八年里，她对这头母猪产生了人与动物间的一些感情，可这些都不复存在了，阿凤越想越伤心，越想哭得越厉害……

三

走炮家是两间土草房，坐落在村东南边。在他家房西南角附近通往和平村的公路旁有一个高压变压器。他家的院门终日敞开着。一个女人坐在屋里的窗前火炕上，裸着白晃晃的上身；白白圆润的奶子在她胸前鼓鼓的，那暗红的不大不小的乳头，像国画一样真切地点缀着，再配着那美丽的玉体，别有一番意境！但大煞风景的是她此刻正在专心致志地在刚刚脱下的衣服上抓虱子。她有一米九的高个，杨柳细腰，走起路来袅娜多姿，眼睛常常一见人就笑，很有迷人的风韵。是和平村的大美人！她叫大娟子，是走炮的媳妇，是走炮当初常常到她家用诱人的野味诱到手的。如果有人进她家院子，那会一览无余地看到她，她也会没有机会躲藏。

大娟子抓着她衣服上的虱子像抓获一头头微缩的猪。她正抓着，忽然像是想起了什么，漫不经心地对屋地上摆弄砂枪的炮子说：

"炮子，你的心也够狠的了，那可是带了二十多只小猪崽的母猪啊，你也真下得了手！"

"这是生产队安排让我打的，不打行吗？白挣队里的工分啊，他们要怨，不关我事，和生产队说去！"此时走炮在屋地上坐在一个木墩上在擦砂枪的枪管，他的身旁有一块白布，白布上是一些散放的手指般粗的砂枪子弹壳和白帆布子弹袋，他毫不在意地说着轻松地往黑洞洞的幽深的枪口里吹了一口气。

"你也太认真了，离地边那么近，你把猪撵出苞米地不就完了吗？那么几穗苞米就换了一条猪命。"大娟子头也不抬地抓虱子，心里有些来气。她也养猪，体会养猪的不易，善良是女人的天性。

走炮擦完枪，又来到外屋地的锅灶旁，从锅里盛出多半盆滚热的用细苞米面煮的娇黄的糊涂粥；然后用漏勺伸进灶坑里在那通红火炭上的小铁锅里舀出熔化的铅水，在糊涂粥盆上一圈一圈地盘旋，铅滴从漏勺底部漏下来像机枪子弹扫射进粥里，黏稠适中的粥面缓冲了铅滴落下来时的速度，使铅滴的尾巴在百分之一秒内溶入主体，使沉入盆底的铅滴在瞬间沉落的过程中变成了圆圆的铅粒……走炮一勺接一勺地漏着，他听了媳妇的话也不言语，似乎是因理亏或是也受感染，他感觉那铅滴就像一只只小猪崽掉进了滚烫的小玉米潭里……

"人家指望那老母猪生活呢，你断了人家的财路，你得罪人家啦！"大娟子那幽怨的话语从里间又传出来。

"那青春庄家家都养猪，要是都进地吃苞米，生产队还要不要地了，看地护青也是一份工作，人家生产队信任咱了，咱就得干好！"走炮边说边漏，振振有词。

"一口一个生产队，生产队是谁？生产队不是人，只是一个名称，人家真要报复你，不是人的生产队怎能替你扛过来？你当初死心眼子呀！"大娟子一激动，一使劲就把一个虱子用两个大拇指甲狠狠地一夹就捻死了，好像那虱子就是恨铁不成钢的丈夫似的。

"青春庄那山东棒子不像咱本地人安分，好起哈子，你惹祸了！再说那家山东棒子二愣子蒋在锋可不是个老实人，你还不知道他在青春庄里打过多少人！"大娟子越说越害怕，感到事情隐藏着严重性。

"他家再有怨气，再使厉害找生产队去，因为他家的猪吃了生产队的地！"走炮倒完枪砂，来到媳妇坐的炕上，他坐在炕沿上边摆弄枪边说。

"可是打酒的向提瓶子的人要钱！"

走炮听了，不作声了。

无奈的心情，无奈的气氛笼罩着两个人的世界。世界仿佛凝固了。

此时大娟子向丈夫身边凑过来，用手温情地摸着丈夫单纯的头，纤细白嫩的手指插进他的头发里，理了一下他蓬乱的头发说："炮子，我今天左眼皮老跳，你出门在外要多加小心！"

"别怕，还有这个呢！"丈夫一握枪管，转了一下话题，"明天我到村北二十多里的地方去，那里有一条狐狸，总在那里转悠，我去把它给你取回来，到冬天给你做个裘皮上衣，又好看又暖和！"他抚摸着她裸露的身体和温软圆润的乳房，仿佛摸着柔滑的狐狸皮，敏感像电流一样传遍全身，欲望昂起了他下身的生命之根，那要坐窝的感觉极度渴望起来，倏地，他把她猛地按倒在用苇眉编的炕席上……

与此同时，无奈的阿凤求了左邻右舍的人将老母猪弄回了家，架在自家的锅上燀毛扒膛地忙活了起来。

太阳快要落下去的时候，阿凤的丈夫二愣子在生产队干完活，把马在马号从板车辕上卸下来牵到马棚里交给饲养员，把马鞭子随手一放就大步流星地往家走。刚一进家门，被里面热气腾腾的雾气和里外忙活的人给愣住了。不等他问，妻子阿凤就伏在他肩膀上哭了起来，这时就有人告诉了发生的一切。二愣子蒋在锋平时眼睛是立立着，他的门牙少一颗，是跟人打架打掉的，他打架无数，不是因为他找事打架，而是总有那么一些人不讲理不说，语言狂妄骂人。他是一个暴脾气的人，从来不会忍，而是用拳头说话，所以不像百分之九十以上的人用忍避免了"战争"。不知道他的人总认为他好打架，久而久之，他在村里是出了名的好战能手。他是讲理的，他从来不打讲理之人。而眼前更大的事情摊到他头上了，他的双眼不仅更立了，而且冒出了火苗……

"我去杀了他！"二愣子从紧咬的牙缝里挤出恶狠狠的话后推开妻子阿凤，猛地从土砖锅台上操起一把杀猪刀就往外闯。不等他出门，阿凤两臂一伸，挡住了他的去路，正色地说："杀人是要偿命的，你要冷静，不要做傻事！"她把眼泪擦干，凝望着二愣子……

二愣子一愣，从她那黑黑的眸子里深邃得深不可测的目光中读到了她那不能再往下言说的话语。

平时二愣子一发暴脾气，谁都劝不了，只有他媳妇阿凤能说服他。

四

说到做到，第二天一大早，走炮就告别媳妇大娟子，斜背了猎枪和子弹袋就出了和平村直奔村北那只狐狸去了。他一路哼着懒洋洋的北京小曲《探清水河》："提起了宋老三，两口子卖大烟……今晚那三更来相会啊……"他就对这感兴趣。他那高兴劲好像到那里毫不费劲就能把狐狸给媳妇取回来似的。

顺着一条曲曲弯弯的羊肠小道向北奔去，小道两旁是绿油油齐膝的黄豆地，他走了一个多小时就来到了狐狸活动的地方。于是他开始在豆地里寻找狐狸的踪迹。他是码踪专家，新旧狐狸蹄印一看便知。果然，他很快发现了狐狸的新蹄印。于是，他从肩上卸下猎枪开始枪口向前平端着搜索。他端着枪低着头码着码着，感觉地垄沟的狐狸蹄印越来越新，不一会儿就码出了地边。豆地边是齐腰深的荒草地，这一片圆形的荒草地镶嵌在一望无际的豆地之中。一只活灵活现的大狐狸，水灵灵的眉清目秀，非常好看。它从豆地里一出来，忽闪着水灵灵格外有神的大眼睛回头望了一下这个低头端枪的猎人，左顾右盼，然后顺着荒草和豆地交接的边缘拖着长长蓬松的大尾巴"颠儿颠儿"地不慌不忙地向前跑着，还时不时地回头观察猎人。这时，只要走炮一抬头就能看到前面二十多米远的狐狸，但是他始终没有抬头，他太专注地边走边看踪了。

　　聪明的大狐狸围着这片圆形的直径约二百米的荒草甸遛着这位想要它命的猎人。它始终跑在猎人前面三四十米远的地方，围着这片荒草地转了一圈又一圈……猎人始终不抬头，眼睛紧盯着狐踪，这一切都被时而回头的狐狸看在眼里。他怎么就一根筋呢，狐狸若是人，非笑出声不可。走炮如果一抬头就能看到射程之内的狐狸，狐狸肯定会毙命于枪下，但他始终不抬一次头地往前码，大概被狐狸迷住了。不知转了多少圈，终于累得猎人坐下休息了，此时已是下午三点多钟了。

　　狐狸一看猎人坐下了，就像失去引力一样离开了这片荒草地，钻进庄稼地里走了。走炮休息了一会儿吃了一些干粮后继续向前码。

走炮随踪码进了一个长着柞树林子的大土岗上，从这个岗上就能望到岗北的宽阔松花江了。此时，他在一个背风隐蔽的树荫里，忽然发现了一个有白面口袋粗的狐狸洞，是这只没见过面的狐狸刚进去的。于是他就捡来几根干木杆和枯树叶放进洞里点着火，用烟熏，捣鼓了三四个小时，狐狸也没跑出来。天已黑下来，无奈，他用枪伸进洞里开了一枪，就用粗一点的枯木塞满洞口，等到第二天来用锹挖。

走炮拖着疲乏的身体往家走了，他越走天越黑，最后伸手不见五指了。在离家有一半远的地方，他走着走着忽然听到隐约的压抑的不是人声的怪声，这怪声在宁静的夜里那么瘆人：

"我是狐仙，来打我吧！我是狐仙，来打我吧……"

走炮一听，吓得浑身冷汗唰地出来了，是听邪耳了吗？他握紧砂枪，壮着胆子仔细一听，确实狐仙在叫。是不是最后一枪把狐狸打死在洞里，它的魂追上来了？于是他就往回跑起来，他的魂已吓得飞出一半了。

突然，从走炮身后两旁的豆地里蹿出七八个模模糊糊的人影，他们个个手持木棍上来就打，走炮的腰部、腿上乱棍如雨点般地落下，棍棍着实，瞬间就把走炮打趴在地，他的砂枪也被砸碎。仅一二分钟，黑影打完就消失在荒野里。接着，走炮头顶上空一闪炸雷，一个黄绸条从空中徐徐落下掉到走炮脸前，黄绸上写着："狐仙在上，缺德必惩。"

此时走炮趴在地上动弹不得，他心想，这下死定了！

……

大娟子等到半夜，不见丈夫回来，就有些担心，是不是上谁家喝酒去了，她问了本村所有的亲朋都不知道，感到事情蹊跷，就去找了文大个子，文大个子很义气，二话不说抓起钢枪就只身去找了。找了半夜，才在第二天清晨找到了奄奄一息的走炮。

　　"社员同志们，社员同志们，"和平村的大喇叭又清脆地响起来，两村的人以为又是谁家的猪被打死了，这已不是新闻，习以为常，无人在乎，但后半句却让两村所有的人震惊了，"现在播送一个通知，我村护青员走炮昨夜被狐仙打坏了，请张老板子赶快套上马车把他送到公社医院去！社员同志们，社员同志们……"

五

　　走炮被打折了左腿，还打折了八根肋骨，左右各四根，打碎的肋骨刺进了他的肺部，破坏了肺部组织，危及呼吸系统。医生说，多亏送来得及时，再晚来一会儿就没命了。那天清晨，文大个子找到了奄奄一息的走炮，就拼命地跑回和平大队部报告。他又火速里里外外张罗套上了马车，直接把走炮及时拉到二十多里外的公社医院。到了医院，穷得叮当响的走炮哪有钱去交住院费和手术费，大娟子就急得直哭，旁边的文大个子就挺身而出慷慨大气地说："别哭，没有过不去的河！我给县城的亲属打电话，让他捎来八千块钱。"文大个子是个能人，常在省市县游走的人，是个见过世面且又交友甚广豪侠仗义之人。而大门不出二门不迈的大娟子什么都不懂，啥都不知道；再说一遇着大事就更蒙了，和她一起送来走炮的文大个子就走不开了，上楼下楼开药拿药里里外外都他一人张罗，什么事都由着他去办，一晃就是二十多天。文大个子常对他俩说，我们是前后院邻居，又是在一起护青，我不管谁管，我们是有共同爱好的亲兄弟，有难同当，有福同享，没说的。确实，他们两家处得很好，二十多年的老邻居了，平时他俩像亲哥俩一样常常一起去出猎，打着东西了一家一半，不管是谁打的。有事单独出猎，谁打着东西了准会给另一家送过去。两家处得像一家人似的。走炮用的是自己的砂枪，而文大个子用的是国家的钢枪。文大个子十八岁的儿子是和平村的民兵连长，有的是枪和子弹，文大个子常常把钢枪子弹送给走炮用。走炮就把子弹头拔下来把弹壳里的火药倒出来再装入砂枪子弹壳里。这样，走炮就不用自己花钱到专用商店买枪药了，这样无形中就省了一大笔钱。走炮很喜欢用钢枪火药，钢枪火药装药少又威力大。在这二十多天里，由于医生的精心治疗和文大个子及大娟子两人的精心护理，走炮恢复得很快，肺部不怎么痛了，能半躺着自己端饭吃了，惊吓后的精神也恢复正常了。躺在床上的走炮在大娟子和文大个子一起出去办事时的空闲里就将这些像过电影似的在脑海里放映一遍，想起文大个子兄弟是他的救命恩人，对他和他媳妇的好，就常常无声无息感动得偷偷热泪盈眶。而他俩在场的时候有时被心底涌动的感激激动得泪眼模糊。

一个年轻的女护士走过来见他这样，就伸过手来摸着他的额头关切地问：

"腰还痛吗？"

"不咋痛了！"

"好好休息，慢慢养。"护士专注地看了一下他的眼睛对身旁守护的文大个子和大娟子说，"他火大，到野外采些新鲜的苦苦菜给他熬水喝，能败火！"

此时，已晚间七点多钟，进入初秋时，天短了许多，天也黑得早，窗外已经大黑起来了。护士的话对大娟子来说就是圣旨，等护士出屋后，大娟子就和文大个子交换了一下眼色说："我现在就去采，我知道什么样的庄稼地里有这种菜。"大娟子又用手抚摸着走炮的脸，擦去了他眼角的泪痕对他说，"我很快就会回来的！"躺着的走炮握住了媳妇大娟子的手说："天太黑了，让文大哥和你一起去！"他又望着文大个子说，"文大哥，你和她一起去吧，你妹子怕黑，好好照顾她！"

他俩出门不一会儿就走出了村子，文大个子把手电一关，再加上来到了野外，大娟子真就有些害怕了，她情不自禁下意识地握住了文大个子的手："文哥，你对我和炮子这么好，我真不知道怎么感谢你才好！"

"我们又不是外人，别说外道话。"他更握紧了她的手，"妹子，你的手好凉，你是不是很冷？！"他说着就脱下自己的外衣给她披上，她顺势依偎在他的胸怀里，他紧紧地搂住了她。此时，他们已经来到了苞米地里，蓄满了很久的感情，一下子开闸了，来不及说话，来不及思想，那就让爱自由喷发吧，黑夜是他们的窗帘，宁静是他们的心跳，世界只有他们融为一体的肌肤和两颗渴望新奇的滚烫之心。

他把她放在苞米地的地垄沟里，彼此迅速窸窸窣窣地解开衣扣，两个温热的躯体就融化在一起，融化成一只梦中的小鸟，这只小鸟不断抖翅向上空欢快地努力地向上高飞、高飞……攀升、攀升……小鸟快慰地累着，累着地快慰，不知过了多久，终于爬升到了极端欢快的顶点，小鸟开始展翅愉快地向下滑翔，快乐地滑翔……最后回到窝里睡着了……

而此时，走炮躺在病床上没有睡，他的脑海世界开始就随着他们俩飞到了窗外……

从他俩走出这个病房，他就开始掐算时间，现在已过一个半小时了，如果大娟子单独去现在早已经回来了，可是……他心里不仅不恼，反而像他俩的梦境一样快慰着梦想着展望着。

大约三个多小时了，他们回来了，虽然时间长了些，走炮反而不担心，反而像获得了一个宝贝一样地激动！他俩在病房里一出现，像换了两个人似的，他们相互对视的眼神和出去时完全不一样了，闪着格外闪亮而精神的气色，他们的脸上目光中洋溢着无比的幸福、喜悦和新奇而神秘的光芒，他们特别高兴地把苦苦菜从衣袋里取出来，愉快地忙活着洗净熬水。

走炮在他俩蓬乱的头发上、衣服上粘着的黑土粒和他们那不同寻常异样神秘欣慰的眼神里读到了"明白"两个字的含义。

在走炮被打的第二天，和平村大队部就报了案。公安局开始取证调查，重点怀疑对象自然是二愣子蒋在锋！但一查，人家二愣子那个夜里搂老婆一直睡觉，绝对没有作案时间，左右邻居也作了证。这个怀疑线索一排除，此案就毫无着落，成了一个谜。公安局了解好长时间也解不开这个谜，后来还是回过头来让走炮提供线索。走炮却深信不疑是狐狸的人打的他。他说："那天晚上谁也不知道我在追撵狐狸，那天晚上就我和狐狸，后来我往回走的时候，狐狸却追上了我喊：'我是狐仙，来打我吧。我是狐仙，来打我吧！'这好几十里无人烟的地方这不是狐狸大仙派人来报复还能是什么！"公安局的人一听，哭笑不得，这真是个谜了，就把这事放下了。

后来蒋在锋气不过，在每天晚上收工后就骑上自行车从青春庄来到和平村，拿出铜锣走街串巷地高喊：

"狐仙管事喽！——，咣——咣——，神猪报仇啦！——咣——咣——，狐仙管事喽——咣——咣——，神猪报仇啦——咣——咣——"

他一边喊，一边敲锣，引来了好多好奇的小孩子跟在后面看。

六

又过了二十多天，走炮下地能拄着拐杖走了，身体也痊愈了。但医生说最后让他再住几天医院观察观察。大娟子对丈夫说我先回家把家收拾收拾再回来接你回去。于是，她详细地安排好，又与大夫简单交代一下就挎上带黄花的小蓝布包袄上路了。

她在回家的路上临时改变了主意顺便去半路上自己的娘家住了两天，这才回到和平村自己的家。

她回到家里瞅啥都是乱糟糟的，她去一趟公社住了几十天，眼光不像以前了，她变了，于是她像一阵风似的开始收拾屋子。虽说两间旧土草房，但被她收拾得干净利落，井井有条。什么东西该放哪就放哪，不该放的就放到人看不见的地方。

在收拾屋子的过程中，一不小心她的花布衣裳被门旁的钉子剐了一个大口子。这件黑地粉花的衣裳是他们第一次后文大个子带她去县城里给走炮借钱时买的，她很喜欢！此刻，却不小心剐了大口子，她心痛得很！于是，她上炕脱了衣裳，拿出针线裸着上身坐在炕席上缝了起来。

中午的阳光透过窗子照射进来，把金色的柔和的明媚的光洒在她那白晃晃的玉体上，洒在她那圆圆的结实的乳房上。她三十多岁了，若是有孩子她的乳房会垂下来，如今她骄傲地自赏自己的乳房如处女般美丽如初。因而她喜欢明晃晃地光着，虽然大白天的前后窗都敞着，即便有哪个男人路过从窗外看进来，也是她展示的幸福和自豪。何况这是在她自己的家里，谁看了都会不显山不露水地藏在心里。而她呢，她感觉美好的东西不能藏着让人看不见。

胖瘦匀称的文大个子早就回村了，他不能在医院久待，时间长了会让人说闲话怀疑的。再说护青这活是生产队最轻松和体面的工种，时间长了，老不回去换人就完了。这天中午地里一头猪都没有，他反而寂寞难耐！自从与大娟子分别后，大娟子美丽的身影和他与她共享的感觉老萦绕闪现在他的脑海里。他每天出去看地晚上回来路过大娟子家时总会情不自禁地看她家的大门敞开着没有，他盼着她的回来像度日如年。他越想越焦躁，他的灵魂已飞出躯体在天宇间漫天游逛地在寻找大娟子。此时他把半自动步枪横在后背两臂挎着从豆地走出来，不知不觉奔向大娟子家了，他两腿机械地走着，像没魂的躯壳。

他离大娟子的大门口还好远的地方时，本没抱希望地随意望去却让他喜出望外，大门开着！再一抬头向屋里望去，大娟子在光着膀子正专心致志地缝补衣裳。于是他魂不附体的灵魂灵机一动，就猫下腰进了大门无声无息地蹑手蹑脚地穿过窗下，迈进敞着的外屋门。把枪悄悄地挂在墙上，又悄悄地捡了地上一根长长的芦苇，毫无声息地爬进里屋的炕沿下。女人光溜溜的背正对着他，他把毛茸茸的柔软的苇穗伸过去，穗尖轻轻地抚着她光滑白皙的背部，她下意识地腾出左手挠了一下痒痒又仍低着头专注地缝她的衣裳。他又将毛茸茸柔软的苇穗从她背后伸到她白白的乳房上轻轻地摩挲。女人一惊，随即看到了如狐狸尾巴般的东西，"啊——"的一声尖叫。瞬间，文大个子就出现在她的面前，一边幸灾乐祸地笑着一边饿狼般迫不及待地将她扑倒在炕上。

女人挥拳轻轻打在他的肩胛上嗔怪说："你吓死我了！"她仰躺在炕席上，双臂环绕着他的脖子，"你今天咋回来这么早，我以为晚上才能见到你呢！"她的眼里闪烁着惊喜的神色。

"想你想你的呗。"他抚摸着她那温软而腻滑的乳房，"从那次开始，我的心就被你偷去了，就在这里，一辈子都要不回来了！"

"真的?！那你就天天别离开我，我们两颗心就天天贴在一起不就成一颗心了吗?！"女人说着把他紧紧搂在自己的胸脯上，大腿往上一顶，"你天天为我出力，给我当长工！""我们想到一起了，可……"他眼睛一转，转而忽然若有所思，"炮子兄弟没跟你回来吗?"

"没有，医生说让他再留院观察几天，我想你想得心慌就借故先回来几天。"

"噢！"他的脸上怔着的眼里又荡出了轻松而开心的涟漪。猛地，他如饥似渴地迅速地撸去了她的内外裤……

……

他俩云雨之后就顺手将衣裳盖在两人的羞处，在中午灿烂的阳光下稀里糊涂地搂在一起睡着了。两个小时后，文大个子不知怎么醒了，迷迷糊糊中他忽然看见一个人正在炕沿旁的屋地上安详宁静地望着他俩，手里还夹着一支香烟，香烟冒着袅袅的缕缕青烟……

是做的一个梦吧，文大个子用手掐了自己，痛！是不是眼睛有毛病，他迅速地用手抹了两下眼睛，还是有个人在屋地的木凳上坐着，而且还对着他微笑呢。他大吃一惊，忽地坐起来，大着胆子问："你！是不是狐狸精来冒充我兄弟?"

屋地坐着的人望着他哈哈笑。

"是炮子回来了！"大娟子被惊醒坐起来吃惊地说。

懵懵懂懂的文大个子看看自己和大娟子都光着身，面对着炮子，这才感觉到自己所处的境地是这么严重，心中有些惶恐地感到无颜。

"大兄弟，你是咋回来的，我想让大队派车去接你呢，想不到你回来得这么快！"文大个子有些镇定了，他随手抓过一件衣裳盖住他和大娟子的下身。

走炮望着他俩，抬手吸了口烟："公社的一辆汽车往咱村供销社送货，我顺便就回来了，哈哈！"

"出院时医院结账够了吗？"

"够了，多亏你走时又给我借了一万，现在还剩了呢，你是我的救命恩人，不仅给我交医药住院费，还一直精心护理我，我一辈子都感激你呀，文哥！"

"你的事就是我的事，兄弟，我们是一家人了，一家人不说两家话，你的医药费手术费住院费全部不用你还了，我都包了！你干不了活，以后我来养你，别担心，兄弟！"

走炮一听，感动得热泪盈眶，闭了眼，长时间双手向他抱拳致谢！

文大个子赶紧穿上裤子下了炕，握住了他的手激动地摇晃着。

"兄弟，来，走两步，我看你恢复得怎样了？"文大个子说着拿起他身边他要回来时给炮子买的新拐杖，递到炮子的手上，又把他扶起来。在他的搀扶下，炮子挂着拐杖一瘸一拐地在屋子里转圈遛着。

"恢复得很快，比我在公社医院时更强多了，胸部怎么样？"文大个子高兴而亲切地说。

"胸部平时不痛，但不敢使劲，一使劲就痛了！医生说这后遗症得靠慢慢养就好了，只是时间问题！"炮子回答。

亲切、兴奋、激动的文大个子扶着炮子像得了宝贝似的惊喜着，他转过头向还在傻愣着的大娟子说："大娟子，快，下地做饭，我们的英雄回来了，他肯定没吃饭，饿了！"

大娟子看他俩吓傻了，听文哥这么一说才缓过神来，慌忙光着白晃晃的屁股满炕找内裤……

七

走炮没出事之前，文大个子与走炮也是好得一个鼻孔出气。他俩经常背上猎枪、钢枪出外打猎，一出去就是十天半月。至于生产队那里，他俩常常给村里最权威的大队长送去整个的狍子、野猪和野鸡，大队长就乐得合不拢嘴，早就对他俩说，你俩尽管出去可劲打猎，工分照记不误，看地这活计一直都给你俩留着，愿意什么时候回来看两天就看两天！有了村里最高圣旨的他俩当然放心愉快地可劲打猎了！他俩什么都打，见啥打啥，可是家猪和狐狸就不像大队长那样慷慨了。

老天爷给人间组成家庭大凡都很人性化的奇妙，一个家庭若是男人主事，女人就放心不管了。性格也如此，若是家庭女人掌家，男人也就放心地信马由缰。文大个子和他媳妇"娃娃脸"就属于前者。"娃娃脸"顾名思义就是长着一个娃娃脸，周围的人就给她取了这个外号。"娃娃脸"在女性当中是个中等个，不像大娟子高个苗条，体态匀称，而是胖墩墩的。她又是一个心大的人，文大个子主家，她就什么也不管，不闻不问，大门不出二门不迈地手工织毛衣。里里外外都是由文大个子张罗，她丈夫愿意回来就回来，愿意走就走，从来不惦记，家里好像没这个人似的。所以文大个子干啥都格外自由。这样，文大个子实质上就成了走炮家里的一员，虽然他们是前后院邻居，但大门不出二门不迈的"娃娃脸"总以为她丈夫打猎去了。

他们就这样明明暗暗，混沌不清地过着，不觉日子如流水，流到了金色的秋天。

和往常一样，这天，文大个子看地时在黄豆地打了一只色彩斑斓的野鸡，兴高采烈地回到炮子家让大娟子炖上，三人在炕上放上小木桌喝起酒来。从中午喝到将近午夜。他们唠着贴心的话，叙着亲切的情。喝着喝着，炮子眼睛渐渐迷离，睁不开了，歪在炕上的被子旁打起呼噜来。于是，文大个子和大娟子用眼神过了一下闪电，就立马将炕桌抬下去。大娟子给炮子盖完被，便迫不及待地在炕席上铺了褥子，两人便在明晃晃的电灯下脱光绞在一起。其实，不光他俩没有喝多，炮子也根本没有喝多，他的一系列表面醉意完全是迷惑这对"野鸳鸯"！此时，他眯着眼睛看身旁两个白花花的身体在折腾，忽而极快地抖动，忽而翻滚着缠绕，时而宁静地互赏，时而"咕叽、咕叽"地山响。有时两人差一点滚到他的身上。他看着听着想着感知着，全身每根神经像过了一遍电流，燥热而舒坦，他身临其境，却不能深入其身……他感到这也是一种特别的快感……

正在此时，炮子的后窗外忽然闪着红通通的火光，燃烧的大火烧红了半边天，也把此屋照射得通红，火近得好像就在窗外。是文大个子家的豆秸垛着火了！但他们三人都沉浸于天国般的伊甸园里丝毫没有察觉。此时，门外闪进一个人影，是文大个子的媳妇"娃娃脸"。"娃娃脸"在门口一露，他们三人都没察觉。而"娃娃脸"一看这场面，那以往的现象顿时浓缩在这一瞬间，她什么都明白了。她原是温柔的一滴水，但被屋内屋外强大的火焰噌地点着了！怒火从她头脑里往外着："家都着火了，你们三人还在一起鬼混、云雨、苟合；作孽啊！"她第一眼大吃一惊后的愤怒，继而是羞怯地不想再看第二眼！她扭头往外跑，怒火在她头脑里剧烈燃烧，快要爆炸了！她通过外屋地向外冲的时候，一下看到了一只五彩斑斓的野鸡脖子，继而又看到了外屋门里的墙上挂着的那支半自动步枪，那是她丈夫的枪，丈夫的枪没挂在自己家屋里，却挂在别人家里。枪像干柴一样填进她的头脑里，她头脑里的火把她给烧蒙了，她都不知道自己的手是怎么从墙上摘下枪的！这不是她自己了，像是有一个灵魂驾驭着她。她当过基干民兵，对枪熟得如同自己手，她迈出外屋的同时，顺手就把枪栓拉开了顶上了火，她在拉枪栓的动作中随手带开了保险，跑到窗前咬着牙一使劲，"哗——"的一声枪管捅破窗玻璃向那明晃晃的灯光里伸进去，一闭眼，手一搂，"哒哒哒……哒哒哒……哒哒哒……"着实突突着，枪响像炸雷般的怒吼和呼啸，枪口不断喷射着怒气和怒火！瞬时，屋里的白条屁滚尿流、抱头鼠窜……在这一瞬间里，走炮不再欣赏那痒痒地摄他心魂的表演了，而是快得像箭一样跳下炕蹿出屋外，抢过救火人群中的一桶水就上了文大个子家的房顶上，麻利地用水浇苫房草。因为炮子眼尖，燃烧的豆秸垛离文大个子家房很近，一缕火苗已要沾上房草时，走炮一桶水浇过去，那火苗才没有把房吞噬。在这关键的一瞬间，走炮起了决定性的作用！下面那么多人瞅着这位火光中真正的英雄，不怕死的英雄。火被大家用水浇着，但豆秸垛燃烧得像一个炽热的大火球，像个小太阳映照着人们的心灵。火垛汹涌地燃烧着，劈劈啪啪地响，水泼上去根本无济于事，再说温度非常高，人们根本靠不上前。人们能做的就是用水浇房草护住主房了。此时，文大个子家火光冲天，一片混乱，有哭有喊，有骂声有厉声。火光中文大个子的那个十八岁的儿子穿着不带领章的绿军装，在指挥着几个民兵前后屋实行戒严管制。火垛烧了半个小时，渐渐熄灭了。

"有种的给我站出来，敢暗地里点火烧豆秸垛不敢站出来，算什么能耐！是孬种！"他举起冲锋枪向天空"哒哒哒……"就是一梭子。愤怒的声音在宁静的夜空中格外瘆人，没人回答没人接茬，这位民兵连长又接着使厉害，"谁他妈再敢来点火，老子用枪打死他……""哒哒哒……哒哒哒……"枪声，在宁静的夜空中和他的声音一起显得格外清脆。

此时，一个黑影从房上飞下来，落在人群里，人群都惊愕了，这不是打猎的那两个多月前被"狐仙"打折腿的走炮吗？昨天还看他刚出院拄着拐杖一瘸一拐的呀？怎么，沾了狐仙反倒成神了?!

人群里文大个子不相信眼前他看到的这一幕，他来到走炮前："兄弟，你现在马上拎桶水给我上房，那里还有火星冒烟！"他手一指处，走炮已经从一个人的手里拎过水桶迅速地攀上房顶，就把那处冒烟处完全浇湿了，然后又飞身跳到文大个子面前。看在眼里的大娟子挤过来："炮子，你完全好了？！"她的眼睛睁得大大的，像中了什么邪。

"我好什么？我怎么啦？我有病吗？"炮子惊奇地瞪着眼睛不解地问着，就在大娟子面前使劲往上跳了跳，又端着两臂像运动健儿似的在原地跑步，神情饱满精神抖擞地用两臂扩了扩胸。

大娟子看他这一系列动作时眼睛都没眨，倏地像是醒悟过来。"妈呀！"一声，眼泪就下来了，她热泪盈眶地拽起炮子的胳膊：

"走，咱回家去！"

八

第二天半夜，公安局还没破完案，文大个子家房后的豆秸垛又着火了。公安局接着又调查，左查右查，查了半年，什么都没查出来，就成了一个悬案谜案不了了之。和平村里有时有好事的人凑在一起神神秘秘地直咂嘴："啧啧，别看这么小的小屯，真有不露相的能人呢！"而在这个村里也流传着这样一种说法，说是有一头黑猪从文大个子家豆秸垛一出来，他家的豆秸垛就起火了。人们传得神神道道的，给惶恐的和平村蒙上了一层神秘的色彩。

文大个子像做了一个梦似的又回到了现实。他每天又像从前那样去看地了。经过两个豆秸垛着火的严厉警告，他收敛了用枪打手无寸铁的家猪了。

这天，文大个子在成熟的黄豆地里忽然看见了他和走炮第一次看见的那头"神猪"！没错，就是那头黑色的"神猪"！那头黑色的"神猪"没有尾巴，这是他第一次看见时印象最深的。此时此刻，那头"神猪"也看见了他认出了他！这头"神猪"确实神，非常精灵，绝对与一般猪截然不同。它看见文大个子后，总是与他忽远忽近，若即若离，若隐若现……那"神猪"行动中总是在不经意之中用飘忽而飞闪的眼神，把文大个子看个透。在文大个子的观察中，狐狸应该是这"神猪"的徒弟。

两个豆秸垛的着火对文大个子震撼太大了，他感到下一个目标就是他家的房屋了，说不定哪天半夜在正熟睡时的梦乡里就被大火烧死了。一想起此事，他就心惊胆战，他再也不敢用枪打猪了，手中的钢枪都不如一根烧火棍。他甚至连放个响吓唬吓唬都不敢了。而此时那"神猪"好像知道他不敢开枪似的，与他周旋，总是远远地保持一定距离，就是不离开这片黄豆地。

撵了半晌，撵累了，文大个子索性坐下来不撵了。而此时的"神猪"也吃饱了，竟晃晃当当离开了这片豆地奔青春庄方向回家去了。

"妈的，不敢开枪，也不能便宜了这'神猪'！我得知道这么操蛋的'神猪'到底是谁家的，知道它是谁家的就好办了，回去跟和平大队一说，罚他个底朝上。"他这样想着就站起来跟了过去，他的眼睛紧紧盯住这头不凡的"神猪"。

"神猪"不一会儿就进了青春庄屯里，文大个子瞪起眼盯得紧，也进了青春庄屯里。那"神猪"就在他面前跑着。不想，在一个胡同里一眨眼，"神猪"就没影了。这下文大个子慌了，不知这猪蹿到哪个胡同里去了。

"收猪咧——，收猪咧——"一个歪戴着蓝布帽子，穿着邋遢的中年放猪倌正赶着一大群猪从野外回到了屯里，操着拐弯音调的山东口音喊。猪群里有黑猪、白猪、还有花猪，形形色色，像流动的一片色调暗淡的云。文大个子看得眼花缭乱也没从中看到这头"神猪"，就问猪倌：

"你看到有一头没有尾巴的黑猪了吗？"

那猪倌用鞭子指了指一个胡同。

文大个子会意，赶紧跑到那个胡同，一拐弯果真看到了那头"神猪"。那"神猪"好像等着他似的，走得很慢，一摇一晃，慢慢悠悠。待他快要走到它跟前时，那"神猪"一溜黑光就向一家大门里射去。这下，文大个子看得一清二楚，真真切切，他心里踏实了，也不着急了，这下可找到这"神猪"的主人一家了。

文大个子闲适地用两臂把枪横勾在背后，横着膀子不慌不忙地就进了这家大门里。

这家外屋门旁有一大堆黄沙土，外屋门敞开着，一个壮汉用土篮从屋里往外运土。文大个子一看就知道这家人在屋里挖了井。这一带的村庄属松花江畔的三江平原，二十多米厚的黄沙土没有岩层，都是坚硬的黄沙土，而且地下水线不深，挖十米左右就能见清澈甜润的地表水了。于是家家都在屋里的外屋地挖井，这也是很容易又是很平常的风俗事了。

他快要走到外屋门口时，里面早迎出一个很漂亮的年轻农妇。自从他家第一次起火后，大娟子再也不搭理他了，几次碰壁之后，他也就对大娟子死心了。此刻，见了这么漂亮的女人又燃起了他心中的欲火。前后屯住着，每家每户了如指掌，抬头不见低头见，甚至放个屁全村都能听见。这家农妇总是待人亲切热情而温暖，但不知这农妇是不是个风流种，文大个子心里蠢蠢欲动。

"哟，文大哥，好巧啊，我家刚杀了头猪，赶上吃猪肉了，咯咯咯……快请进屋！"

漂亮农妇的热情，使文大个子心里美滋滋的，飘飘欲仙，顿时什么都忘了，身体自个不知怎么就飘进屋的。外屋地正热火朝天地挖井，一堆黄泥土在地中间，土堆中央是正挖的井口，井口上一个人在摇辘轳，从井底往上用筐运土。井下有一个人在下面泥头裹水地挖着，外屋门的那个壮汉在接力赛似的把黄土运往外屋门外。

这家是漂亮农妇主家，一切都在她掌控之下，是这样井井有条。他又被漂亮女主人让进里屋，他的感觉这自然是理所当然了。

屋地上的圆桌上早已摆满了一桌杀猪菜。血肠、瘦肉、酸菜炖肥肉，热气腾腾，香气扑鼻，直诱得文大个子暗里咽口水。这显然是给干活人准备的。

"来，文大哥，咱们先吃，他们挖井的还得等一会儿！"漂亮女主人一边说一边拿了一瓶北大荒白酒放在桌上，亲自斟满了两杯。

文大个子刚要上桌，忽然想起了肩上的自动步枪，这才摘下来放到墙角落去。在他手触到枪的瞬间，他忽然想起了这家的肥猪曾在几年前做了他的枪下鬼，不由心中一颤，不仅如此，整个青春庄所有家庭的猪百分之八九十在他的枪口下身消魂散。而这家漂亮女主人敞亮不说，还像久别的好朋友一样热情款待，这让他在舒心的坦然中生出几分疑虑，她真的对我这么好吗？还是有什么潜在的意图？还是真想与我交个家庭以外的朋友？

在这蒸腾的云里雾里中，文大个子稀里糊涂就被漂亮女主人让上了桌，谁让她长得这么漂亮呢！酒桌上，他俩频频碰杯，说说笑笑地唠着家常话，唠着唠着话题自然转到了眼前打井方面来了。

"大妹子，你家打井就这么两个人，一天能打完吗？"

"这不，社员们都忙着秋收割豆子去了，我好歹和大队长要了这两个人。是啊，文大哥，平时谁家打井不二三十人地好几班换着干，没招啊，谁让咱赶上这大忙季节呢！"

漂亮女主人的美丽目光闪现出一丝无奈的神色飘在他的心灵窗口上，使他立时生出一种慷慨的念头：

"大妹子，我不是来了吗？有我呢，以一当十啊！"他一拍胸脯，豪迈大气，慷慨激昂，吃人家的嘴短。

漂亮女主人顿时被逗笑了："咱哪敢劳驾您啊，掌管生杀大权的老天爷！咯咯咯……"

千金难买美人笑。"真的，一会儿咱俩吃完就换他们来吃饭，你在井上摇辘轳，我下井挖！男女打井，干活不累嘛！来！"文大个子把酒杯与漂亮女主人举起的酒杯一碰，"就这么定了！咯咯咯……哈哈哈……"

外屋地那打井的三个男人被漂亮女主人唤到里屋吃饭了。她和文大个子一个井上一个井下热火朝天地干起来。此时，井已挖到七米深了。辘轳架在直径一米多的井口上被漂亮女主人摇得像摆弄小孩玩具似的，轻飘飘的，拴着绳的小铁桶随着辘轳的转动，一上一下从井底到井口循环往复，摇上来的小铁桶装满了三十多斤湿漉漉的黄沙土，被漂亮女主人用手轻轻一拎就倒到井外。她一边把铁桶用辘轳摇下去，一边对下面说："文大哥，青春庄这么多家，到谁家不好，偏偏来找累，咯咯咯……"桶还没下到底，下面就传上声音来："百里挑一呀，还不是看你长得好看，挨累心里也甜哪！"

士为知己者死，女为悦己者容。于是他们唠得更热闹了。女人说："下面感觉怎么样？"她怕井下深，空气稀薄有一氧化碳危及窒息。男人说："可舒服啦！"女人说："别累着，轻点干！"男人说："累点不怕，使劲干才能快点到底！"

此时里屋正吃饭的三个男人听得清清楚楚，其中有两个男人忍不住"哧哧"地笑。不笑的那个男人脸庞涨红，因为他是这个女人的丈夫。他为什么不能发作，敢怒不敢言呢？因为他的这个女人掌握家庭大权，平时还常常维稳。当他与众喝酒时间稍长一点时，人高马大的女人就不知何时出现在他身旁，当着众人的面，从后面扯住他的脖领像拎小鸡似的从酒桌上拎到屋外，左右开弓扇大嘴巴子，扇得痛快淋漓！左一气右一气，直到累了才罢手算完。不知他倾慕和拜倒在她的绝世美貌之下是慑于她的人高马大力大无比，或是他上辈子欠了她什么，总之，每到这个"临幸"的时刻，他毫无还手之意地火辣辣朦朦胧胧地"享受"着，直到发泄完了才解放。这个事全村都尽人皆知，已成为全村笑谈的一大风景。

"来，咱们喝咱们的。"漂亮女主人的丈夫举起酒杯，三人一碰，"说说笑笑，干活不累嘛，哈哈哈……"接着他们话题一转唠起他们的嗑了。

外屋地漂亮女主人和文大个子完全没有察觉里屋男人们关注的情形，继续热火朝天地干着说笑着，流过的时间和劳累一点都没让他俩感觉到，他们感觉的是快乐、兴奋、憧憬……

里屋喝酒的男人们边吃边喝，为的是快点结束吃饭好换班。正当他们把杯中酒喝完时，外屋地里突然传来沉闷的"轰隆"一声巨响，接着是女人凄厉的"妈呀"一声瘆人的哭喊！男人们一听一起在瞬间冲到外屋地，眼前可怕的一幕映在面前，漂亮女人惊恐地睁大眼睛说不出话来，她脚下井口已只有二米深，井绳被掩埋着……

"塌方啦，救人啊……塌方啦，救人啊！"

男人们一愣神之后反应过来一边大声呼喊一边疯了一样一齐跳下去用手扒土。男人们大声地哭着喊着扒着，争分夺秒。一平方米的空间三个男人乱作一团，根本不起作用。况且，不排除第二次塌方的危险。几秒钟后就听到漂亮女人的丈夫大吼一声："你们两个上去，我在下面挖，把锹给我，换班挖！现在离他头部还挺深，暂时挖不到他头部！"于是他们拼了命地飞快地换着班挖。稍一镇静的漂亮女人撒腿就往大队部跑去，不一会儿，大队领导、社员还有赤脚医生来了十多个人。人们争先恐后轮换着挖呀挖呀，有的手磨出了血肉，每个人浑身是泥土。人们惊恐地叫着喊着干着……有指挥维持秩序的，有紧张准备抢救的，时间的煎熬是用人们心跳来计算的，那是人的命啊，魂啊！这么多人在双手托举着啊，仿佛那人的魂在一点一点往天上升，众人用手在够，努力向上够，把他拽回来，不让他变成魂，如果变成魂，就和天上的猪魂一样了。因为在世上只要脱去外壳，就只剩魂了，魂在天上像无形的云一样一样的了，因为魂只要穿上外衣，有穿人衣、有穿猪衣、有穿兽衣，形形色色，但一旦脱去外衣只剩在天宇间飘荡的魂，就都一样了。

难道文大个子要去撵天上无数的猪魂吗？

文大个子，天上那么多猪的灵魂在集体赶你回来，它们也有人的善心、宽宏、慈爱，因为万物的本质都是魂！！！

回来吧！！！

大约二十多分钟后，屋里房外的人群里面开始骚动，慌乱。文大个子终于被从井下弄上来了，整个是一个黄泥人，此时已像面条一样软绵绵地死过去。两个壮汉刚从井里把他抱出来，放到屋地上，赤脚医生就扑过去不管三七二十一地双手压胸做人工呼吸，近旁的人一起拥上去，有给他擦脸上的黄泥的，有在附耳听他有没有呼吸的，有给他脱衣打强心针的。"娃娃脸"

在他身旁早已吓蒙了，都不会哭了。有好多人使劲高喊他的名字！终于把他在天上徘徊的魂喊回来了！

有人惊呼："他有点气了！"

这时门外救护车响着，人们七手八脚地就把文大个子抬上了大门外的救护车，几个医护人员、大队干部、漂亮女主人、"娃娃脸"挤上满满一车，救护车关了车门一溜烟奔县医院去了。

九

经过县医院医术高明的专家们几小时的全力抢救，文大个子终于脱离了生命危险。但暂时他的身体各部都不会动，像是瘫痪，这只是医生判断，只有一边观察一边慢慢治疗。

在那次枪口下的子弹怒吼的惊吓之后，走炮从此失忆了，谁都不认识，像个刚刚出生不久的三岁孩子。大娟子天天在家里教他识字、认人，使他重新认识世界、认识人生。

转眼，一个冬天过去了，日历又翻到了第二年的春天。

春天的阳光因经过冬天的寒冷，让人感觉格外温暖。为了晒晒太阳，奇迹般活过来而且没瘫痪的文大个子像过了一辈子从前世来到这个世界上一样，变得老态龙钟，头发全白凌乱，虾腰一样佝偻着身躯，挂着双拐，面目沧桑、精神低落地在街道上一边活动身体，一边享受天上暖暖的阳光……他正一点一点缓缓地挪动着走时，迎面遇见一个来人，是那个青春庄的漂亮女主人。漂亮女主人风采依旧，她挎个小柳筐，是到和平村供销社买东西来了。他们见了都很高兴，一见如故。一阵寒暄问候之后，漂亮女主人忽然想起去年出事的事来：

"你真命大，当时我们挖你一秒都没耽误，挖了二十多分钟，真拼命挖呀，你真捡条命！"

那天到县医院后和直到出院回来都是漂亮女主人花的钱。后来和平大队把误工补贴和后续治疗费接过去了！

"我真纳闷，那么多家，你怎么那天就去了我家呢？好像偏偏就奔那事去似的！"

文大个子矮了半截，他叹了口气，心有余悸地说："那天我是撵一头进黄豆地的猪，这头猪进你家当院子里了，不是你家的猪吗？"

"不是，我们家就一头猪，就是那天杀的，你不是吃了吗！"她又追问，"什么色的猪，长什么样？"

"是不大不小的黑猪，没有尾巴！"

"哟，这不是阿凤家的猪吗，怎么会跑到我家来了呢？"漂亮女主人联想起一连串发生的事不禁心中暗悸。

漂亮女主人回到青春庄就把这事给阿凤说了，阿凤想起近年两村发生的都与猪有关且又那么难以言说的灵异，感到她家这头猪是那么与众不同，就联想起此猪不凡的来历。

四年前，阿凤回到了五十多里外的娘家。回来时，在路边的荒草甸子里解手，忽然感到草丛里有响动，就悄悄地摸过去，拨开草丛和灌木丛，只见一头六十多斤左右的没有尾巴的黑猪在行进，阿凤吓得一激灵，心里想这前不着村后不着店的莫不是哪路神仙变的野猪吧！那猪好像有些饿了，在寻宽叶青草吃。阿凤转念一想，也许是谁家猪跑出来不知回家路，那就等它自家主人来找吧！这样想着，她就转身放开步往回走。不想她的声音大一些，那没有尾巴的黑猪看到了她，立马就跟了过来，她走它就走，她停它就立住蹄。那猪的眼神不一般，黑黑的眼眸闪着灵秀的光芒，总是不时地盯着阿凤的表情行动，那神情怯怯的又像在商量，像个做错事又开始听话的孩子，让人又怜又惑。阿凤在前猪在后，阿凤在沙土公路上走一阵回头驻足望望它，此时它就站下观察阿凤的表情，他们之间的距离也就二十多米，他们走走停停，停停走走，阿凤脸上渐渐现出喜色！没尾巴的这头黑猪也就离她又近些，只有十多米了，就这样一直跟着她到家，进了院子里。家里的人一看她捡回一头猪都惊喜不已，高兴得欢天喜地的，和喜上眉梢的阿凤一起赶紧端出青菜和的苞米糠喂它，它就不客气地嚓嚓使劲吃，好像原本就是这家成员似的，只是出远门才回来。一家人惊奇地围着它看，看它吃食，看着看着就发现了它的短处："这不是秃尾巴老李吗？"秃尾巴老李是黑龙江传说中一条黑龙的名字。于是一致同声就叫它"老李"。

　　猪圈圈不住"神猪老李"，一丈多高的木篱笆龙性的"神猪老李"飞身就跃过去，跳进跳出，来去自由。它一出圈就看不到影了，回来就肚子鼓鼓的。阿凤喂它食它都不吃，不屑一顾！从来到阿凤家的第二天起，"神猪老李"就不吃家里食，每天在外混得饱饱的才回家，长长的嘴角还挂着淡黄色的豆沫子。阿凤和家人就心里暗自窃喜，这就成了她家的天上下凡的宝贝，成了她家每天关注的"新闻"。自从她家的老母猪被走炮打死后，"神猪老李"就更显神秘莫测了，像失踪一样经常好几天不回家，这让阿凤心里七上八下的，生怕它跑了不回家，成了别人家的猪。她就天天满屯地找，天天在自家门口瞭望盼着它回来。

十

文大个子虽说出院了在家养，但他的身体状况是腰直不起来，一直腰就痛，看人脸也相当费劲；他的肺部也留下后遗症，喘气大气不敢出。医生说这病只能回家养，要锻炼，经常走动，干些轻微的家务活，时间长了会慢慢好起来的。他经过这次遭遇，总在自家热炕上反思，为什么这"神猪"当时不去别人家院内偏偏进了那漂亮女主人家院里？这个疑惑总在他头脑里挥之不去，越想越感到这头"神猪"真是神猪，是一头不凡的猪，对他来说是一个不祥之物。在他的感觉里，这头猪是青春庄的猪！那次在和平村与漂亮女主人相遇，就证实了这猪不仅是青春庄的猪，还是阿凤家的猪，阿凤家的老母猪被走炮打死的第二天，走炮就遭暗算，公安局出了多少警力也没破了案，联系起来，应该跟这头猪有关！他想到他跟走炮都遭到厄运，这厄运好像是无形的诡异的不可阻挡的，他越想越害怕，不知道自己以后的命运又会是什么结果。他想啥怕啥，怕啥遇啥，他与漂亮女主人在和平村相遇的第七天，他正拄着双拐艰难地在和平村街路上锻炼着，在他一次努力地抬头望望前方时，一头猪在他五十多米的前面出现了，在他的视野里，正是那头黑色没尾巴的"神猪老李"，他顿时大惊失色，浑身一哆嗦，莫非这神猪是来索他的命？不然它上这么远的和平村里干什么？他立刻转身抹头就往家里奔，他不想再看第二眼，生怕再有什么凶险找到他身上。

漂亮女主人听阿凤说这头神猪的来历，大吃一惊，浑身一哆嗦，联想到文大个子与走炮的遭遇，感到这是一件谜一样灵异的事！于是"神猪老李"就在民间传开了，一传十，十传百，和平村和青春庄开始流传，成了家喻户晓老幼皆知的大事。于是人们把猪供奉为神灵，每家每户开始进行精心饲养自己家的猪，精心看护，不让自己家的猪去庄稼地。每家每户都不敢杀猪了，生怕日后被猪不明不白严惩。不敢杀猪，每家每户的猪就多起来，越来越多，全村的猪猛增起来，杀不了猪，卖不了肉，不仅村民越穷，而且成了猪满为患，这成了全村人暗暗隐含的焦虑，这可怎么办啊？

十一

"收猪咧——，收猪咧——……"青春庄里有人走街串巷拉着长长的拐弯的山东腔喊着。

不一会儿，蒋在锋的小女儿三丫中午放学回家，像个花蝴蝶似的飘进屋里。一进门就对她正做饭的妈妈阿凤说："娘，县里来了好几辆大汽车，是来收猪的，现在正停在学校大门外收猪呢，老多人、老多家都把猪赶过去在车旁卖呢，都得的是现钱，一把一把的。"小女儿三丫说完就瞅着她娘的表情。

她家只有这一头猪，老长不大，而且还是头公猪，像宝似的喂着！阿凤心里舍不得卖，但家里没有进钱的进项，各方面都需要钱，比如孩子上学的学费，小女儿身上的衣服破旧了，过年还要给小女儿买新衣服，于是她狠了狠心说：

"那咱就也把咱家猪卖了吧！"她望着小女儿三丫说。

"不行，咱家'神猪老李'说啥也不能卖！再说全村人都不会答应！"从里屋磨镰刀的蒋在锋听到后斩钉截铁地说。

此刻，蒋在锋心想着，现在如果那头老母猪活着多好，到现在三年多了也已经下三窝猪崽了，三窝猪崽每头也有三百多斤，就是六十多头到现在都赶出去卖了，那得多少钱啊！可这一切都不复存在，都成了泡影，是谁让他这个美好的梦想成了泡影？是那个走炮！想起走炮，他就想起他家老母猪活生生地被走炮打死的情景……想起走炮，他牙咬得"嘎嘎"响，此时正好赶上他用手拭镰刀的刀锋，手随心意按重了些，一下不小心被刀锋拉破了手，鲜红的血顺着他的食指流淌下来……此时他没感到痛也没在乎血。他的心境完全进入了那憋闷得要爆炸的那个他家老母猪被走炮打死的那天晚上。那天晚上，他几次要拿刀去宰了那个走炮，都被阿凤抢下来了，阿凤说你先冷静地压压火，仇是要报，但不能弄死他，弄死他要偿命的。她对二愣子蒋在锋说，再过六七天，这事平息后，召集几个亲戚，趁黑天走炮打猎回来的路上，拿棍子狠揍这小子一顿，出出气，解解恨，给他点教训，别把他打死，让他活着，知道咱的厉害，知道咱也不是好惹的，更重要的，让他都不知道是谁揍的，因为他打死过全屯很多家的猪……正说着，窗外一条黑影一闪，二愣子蒋在锋看到了一愣，他感觉这是他家那头"神猪老李"。"谁？"阿凤一惊，望着蒋在锋的脸问。"咱家老李！"二愣子蒋在锋平静确定地回答，听着他叫的名和语气，好像在说"自己人"。此时，如果不知情的外人肯定会以为他在说着他哥们儿的名号。"神猪老李"来到他家那天，他们一家人的眼睛都没离开过这头外来的"老李"。"老李"一来到他家，进了猪圈，见了他家那老母猪就好像久别重逢一样亲热得不得了。"老李"像老母猪的孩子一样亲昵地依偎在老母猪的身旁，用嘴拱拱摩擦躺着的老母猪的头，又用嘴伸进老母猪长长的猪鬃里用牙齿为它梳理鬃毛，从此它每天睡觉总是依偎在母猪身旁睡下。因为它是自己来到他家的，二愣子格外喜欢"老李"！当"老李"在院里不紧不慢溜达时，二愣子就慢慢地凑过去，用手捋着它的猪鬃，它就温顺地停下来让他摸；他又在它肚皮下挠痒痒，它就索性舒服得慢慢躺下让他尽情地挠；不只是他，他的家人谁给它挠痒它都自在地躺下让人挠。老母猪被走炮打死那天，它那黑色深邃闪着灵异而不可莫测的目光里的眼睛通红通红的，像是哭过，它脖颈上的一排猪鬃直立着，它从猪圈里跳出来，又跳进去，反复折腾着，还在当院里蹿来蹿去安定不下来，一改往日的温顺。从此后的一些日子里它就常常好几天不回家。谁都想不到，还没等二愣子蒋在锋两口子收拾走炮，就在老母猪被打死的第二天里，走炮就遭暗算了，和蒋在锋、阿凤两口子策划密谋的行动一模一样，丝毫不差，这让他们两口子大吃一惊，感到百思不得其解！但从"老李"一系列现象和全屯子都说这猪是"神猪老李"时，他就不能不把这猪和走炮联系在一起了。这让他们两口子感到神秘不可莫测！

"娘，俺大大的手出血啦！"三丫不知什么时候及时看到的。阿凤一听慌忙放下手中切菜的菜刀与三丫一起跑进里屋。

见她们进来，二愣子举起拉破的手指，像一面小红旗地向她俩摇晃着："看，你们一说要卖猪，就见血了！十指连心哪！"

她俩心中一怔，想到"神猪老李"心中不禁一阵战栗。

十二

第一次来收猪，二愣子一家没有卖掉"神猪老李"。时隔半月，县里又来第二次收猪，这一次青春庄卖猪的人家更多了，满街筒子都是卖了钱的妇女和男人在议论卖猪的情况，那收入的数量和喜悦都在议论声中让人听得一清二楚。

漂亮女主人卖完猪回家开不开门了，原来她把钥匙锁屋里了，她只好等着丈夫下班回来开开门。于是她就先上隔栋房的阿凤家暂休。她来到阿凤家正与阿凤谈卖猪的经过，忽然想到再查一遍兜里的钱是否卖得对账，就顺手从兜里拿出一沓票面来点钞，眼馋得阿凤直盯着看。此时，二愣子蒋在锋走进来说："小心点，别让俺家'神猪老李'惦记上了！"二愣子的提醒，使漂亮女主人一听心里一激灵，忙把钱收好，心慌地探头向窗外张望："你家'神猪老李'没回来吧？"

"还没有，说不定啥时回来！"阿凤说。

漂亮女主人就慌里慌张夺门而出，贼一样迅速逃出了阿凤家，她怕再见到"神猪老李"！不只漂亮女主人，全屯人都怕见到"神猪老李"！阿凤见漂亮女主人卖了那么多钱，想到家里处处用钱就又心动了，等到漂亮女主人出屋后，她对二愣子蒋在锋说："我们还是把'神猪老李'卖了吧，孩子的衣服都旧了，也该换换了，再说这猪自己来的，我们也没花一分钱，它来无影去无踪的，说不定哪天不回来成了别人家的猪，咱一分钱都捞不到了！"二愣子说："它不是一般猪，它比人都厉害有价值，不然，全屯人为啥这样敬畏它，它什么都知道都懂，只不过它不会说人话，有的人能说人话，但办不如牲畜之事！这'神猪老李'说什么也不能卖，它是上天送给我们家的家宝，我们怎么能卖呢？我们要养着它、供着它，说不定以后它会给我们带来比它本身的价值多多少倍呢！"

县里来收猪的来了一次又一次，二愣子与阿凤始终真就没把"神猪老李"卖掉。他们真就铁了心地把"神猪老李"当成家庭一员，信奉为神了。就这样，一晃"神猪老李"已在他家又两年有余了。然而，峰回路转，世事难料。一天，二愣子在青岛的亲哥给他来了一封信，说在山东青岛给他找了一份好工作，是到一家电影院上班，工资高、待遇优厚，分给一套六十多平方米的楼房。但楼房只交全额的五分之一就能入住。而且阿凤也安排了，让她进了市一个文化单位当会计，谁让二愣子的哥哥是市里一个单位的头头呢！这下，二愣子一家就得连根拔走了！可是，"神猪老李"怎么办，总不能在城市的楼里养着它吧！这让二愣子和阿凤犯难了。他们想来想去，最后一致意见还是想把"神猪老李"卖掉，可是又怕触怒"神猪老李"而带来祸运。他们最终还是不敢确定。

这天"神猪老李"回来了，不知它去了哪里忘了进食，它从大门外一进来，就左望望右瞥瞥，像在寻找什么。阿凤一看就看到它的肚子瘪瘪的，忙从屋里端出一盆苞米面多于青菜的好猪食，因为猪是平时不在家吃食的。"神猪老李"见了猪食就在院里大口大口地吃起来。这时，女儿三丫放学回来了，她跳着跑着一进大门一眼就看见"神猪"回来了，正在吃食，高兴极了，她跑到"神猪"身旁用手捋着它脖颈上的鬃毛："你是我们家的英雄啊，坏人见了你害怕得要死，躲得远远的，而你对好人又是那么好！你是英雄就应该披红戴花。"她的大大的黑黑的眼睛闪动几下略一思索，就莞尔一笑，解下自己腰上的红腰带很快地给"神猪"脖子系上，又从院子木栅栏上摘下一朵娇黄的迎春花插在"神猪"的脑门上，然后咯咯地笑起来，"其实论年龄你肯定还没我大呢，但你确实是英雄啦……咯咯……"她咯咯地笑着跑进了屋里，她悄悄地对妈妈阿凤说县里又来收猪了。旁边的二愣子蒋在锋一听，眼睛一亮，随即又暗下来，能卖猪吗，敢不敢卖？心里七上八下总是左右为难，他正在紧锁眉头之时，忽然透过窗外看见"神猪老李"脖子上扎的腰带，顿时眼睛一亮，有了："卖不卖它，我们问'神猪老李'！"

于是，二愣子蒋在锋携妻子和女儿，出门就齐刷刷地跪在正在吃食的"神猪老李"面前。他们从来没有给任何人下跪，他们懂得下跪意味着什么，跪天跪地跪父母，跪神跪正义跪崇敬：

"'神猪老李'你听着，自从你来到我们家，我们就把你当成了我们家的一员，你虽然是猪身，但你什么都知道什么都懂，就是不会说话，我今天代表全家说话给你听吧，咱们家要搬到城里去住了，城里是楼，没法带你去，如果是平房就也把你带去了！"

"神猪老李"一看一家人都给它跪下了，且二愣子又对它虔诚地说这些话，就停了吃食，怔在食盆上，格外精神的黑眼睛警觉地望着他们一家人，表情那么庄重而专注。

"其实我们一家人是舍不得与你分开的，请你理解和原谅我们，你是神，是神就神通广大，什么坏人也奈何不了你的，你对那些拿着刀枪行凶的人绝不手软，他们认为万物无灵，随意屠宰。其实，你们和人一样都是驾着灵魂来到这个能看得见世界的地球上，只是你选择不了你的外形，上苍让你披上了猪皮……"二愣子越说越激动，感情像开闸的洪水任其奔泻，他的内心和话语里充满了天地间那无限的仁慈之爱，"你也和我们人一样，来到这个世界只有一次，唯一的一次，可是那些披着人皮的灵魂凭什么就剥夺披着猪皮的灵魂？！我们奔跑在地球上的动物去了皮不都是灵魂吗？能看蓝蓝的好看的天空，能亲着碧绿的庄稼，能吃着香甜的玉米和黄豆，能快乐地奔跑，玩耍！与世无争，与人无仇，怎就平白无故地夺去一个快乐幸福的灵魂呢？！天和地啊，能为同是灵魂的所有动物主持和平和公平吗?!"说到这里，二愣子闭上眼，头深深地埋在双膝之间，额头触到了土地上，鸦雀无声。良久，他抬起头，忽然看见"神猪老李"的双眼通红，不是红腰带映的，它的眼里流出了眼泪，一滴一滴掉在猪食盆里……二愣子伸出手用手指轻轻揩去它眼角的泪水。

"老李，你要是不让我们搬回老家的城里，你就把猪食盆子拱翻，我们就不走了!"

"神猪老李"听了，它非但没有拱翻猪食盆子，反而默默地挨近他们一家三口，用头亲昵地蹭着他们的衣摆，然后又轻轻地用嘴把他们一个个拱起来。他们抚摸着它的头和背，又给它在肚皮上挠痒痒，"神猪老李"像往常一样舒服地慢慢躺下了，任凭他们给它挠痒痒。可是，这是它最后一次被挠痒痒了，它尽情地享受着，尽量多享受一会儿，此时此刻，它好像是他们的孩子，依偎在他们的怀里撒着娇，就像一个将要出远门的孩子在静静地享受着父母的慈爱……

忽然"神猪老李"一跃而起，像黑红色的闪电，直奔猪圈，一纵就跃过了一丈多高的木栅栏，跳进猪圈里，在人字形的猪圈帽子里的厚厚的草窝上转了三圈，又一纵跳出了猪圈，在二愣子一家人面前黑红色的闪电又一闪，奔到院落外的园子里，园子里有青青的苞米，一串串红红黄黄的西红柿和一架架的嫩绿的黄瓜……不一会儿它从园子里出来，温顺地一步步缓缓地向大门外走去，走到大门外，它回头望了望一直在望着它的二愣子一家人，然后停在了那里。

"'神猪老李'答应我们啦!"二愣子对妻女说，"走，我们欢送它!"

二愣子蒋在锋和阿凤在前,"神猪老李"跟在其后,三丫断后。他们隆重地向学校外收猪的汽车走去。"神猪老李"披红戴花,夹在他们中间,像送亲的队伍。此时,全屯的人都出来行注目礼,为它送行。所有杀过猪的人不敢出屋,文大个子自然更不敢出屋,走炮虽然不知是怎么回事,但他老婆大娟子也更不会让他出屋;生产大队的领导们虽然没沾着厄运,但心中有鬼,也不敢出屋,但在屋里暗暗庆幸,"神猪老李"被卖走,以后就不用担惊受怕了……

人们都知道"神猪老李"是英雄,它这个英雄是在人们大众心底的,是让人们不能言说的扬眉吐气的英雄!好人们敬重它,亲近它,坏人们害怕它,唯恐避之不及。"神猪老李"在家人的中间轰轰烈烈地穿过为它送行的夹道的人们,来到学校大门外的汽车旁。

汽车周围都是来卖猪的人,几个收猪的人忙得不可开交,有开钱的,有记账开票的,有称猪的。收猪的人从来没见过这奇特、招展、热烈的阵势,都蒙了。个个像个木头人,呆在原地不知所措。地上所有的猪都被缚在地上等待排号上秤,而二愣子上前轻拍"神猪老李"的脑门,"神猪老李"会意,自个走上了衡秤,二愣子上前一扒拉衡秤游标,随手拽过把秤的收猪人,让其看秤,看秤人高喊:"二百二十斤!"就听不远处有算盘劈里啪啦响,接着就是付账人的声音:"毛猪共计一百五十四元,蒋在锋来取!"蒋在锋二愣子接过一百五十四元钱,又领了一个"牛皮纸"做的"收猪证"。"神猪老李"是它自己在众目睽睽之下通过跳板走上汽车的，别的猪都是被人通过跳板抬上去的。汽车车厢是用几道钢管支架，周围用手指粗的胶丝钢编织的网蒙上的，里面已有好几十头猪站着拥挤着，都睁着眼向下面人群观望着。披红戴花的"神猪老李"在其中格外显眼，它注视着二愣子一家，二愣子一家人也在依依不舍地看着它。

收猪的大汽车很快就收满了。卖掉了"神猪老李"的二愣子一家人始终没离开大汽车，目光也没离开车上的"神猪老李"。待汽车开走，离开青春庄上了黄土公路，驶入遥远的天际尽头时，一家人还望着那汽车留下的扬尘，若有所思地站在那里。

十三

"神猪老李"卖走了，这成了青春庄和和平村一大爆炸性新闻。二愣子一家卖完"神猪老李"前脚到家，后脚就有一些人来到他家。

"你家'神猪老李'卖它干啥，你要缺钱我们谁都可借你们！'神猪老李'卖走了，谁来保我们这里一方平安！"

"这下，大队又得派人拿枪看地了，以后这猪也没法养了！"

"你家这猪可真神，没有一个好人在它眼皮子底下出事的，都是些狠心犊子才在它眼下遭报应惩罚的，卖了真白瞎了！"

"哈哈，恶有恶报，立竿见影，真痛快！"

"全村的猪大部分如果不被枪打死，现在得多卖不知多少钱哪，以后没有'神猪老李'镇着，说不定又咋样呢！"

一些脑后还扎着羊角辫的青年妇女在阿凤家围着阿凤左一言右一语鸟似的叽叽喳喳，显得格外惋惜，又显示出失落和忧虑。

这些妇女走后，又来一拨妇女，她们是走炮的媳妇大娟子，她大高个子，走起路来晃晃当当，还有那"娃娃脸"，她和大娟子不知何时又和好了，她俩一路说笑着就进了阿凤家，以往那飘荡在她们两家上空的阴云早已离她们远去！她俩的后脚就来了几个大队干部的家属。

"俺家那炮子，真是你家'神猪老李'使的法力揍的？！"大娟子像祥林嫂，还不甘心地问。

阿凤听了哈哈大笑："人有人言，兽有兽语，你撵去问俺家'神猪老李'吧！你要不懂，等你学会了兽语就懂了！"

"都说俺家那豆秸垛一着火，就看见你家'神猪老李'从旁边跑过，真是它使的魔法！""娃娃脸"总想把流传的传说弄个清楚明白，想不到阿凤就回答说你把全村召集开个大会问一下全村人吧。大队家属的几个妇女也七嘴八舌，众说纷纭，莫衷一是。"神猪老李"走了，给这两村留下了一个无法解开的谜团。

二愣子家热闹了。几天之后又归复于难耐的平静和寂寞。自从"神猪老李"卖了以后的几天里，阿凤家人像丢失了什么似的，总觉得还有事要办的感觉。阿凤有时吃完饭捡完桌子，顺手就和了一盆苞米面猪食快步端到了院落，然后像每天一样出大门向四下的远方张望时，忽然一下想起"神猪老李"已经卖掉了，这才无限失落地用围裙擦了擦手，回到院子里收起猪食盆。二愣子每天在生产队收工回来，一进院里就用目光寻找"神猪老李"那活泼如鱼的身影。一恍惚才想起"神猪老李"已经卖掉了。三丫总爱看"神猪老李"在院里常常表演的神的本领，飞檐走壁，风里来，雨里去，三丫常常看得入迷，她放学回来老是想象着"神猪老李"那龙性的身影。

　　搬家的日子一天一天地临近。一家人开始准备忙活地收拾东西，该打包的打包，把暂时不用的用邮包邮到青岛。青岛，是二愣子一家人新的希望和盼望向往的地方！

　　一天，三丫蹦蹦跳跳放学回来，一进大门就看见了"神猪老李"在院落里行走，她以为是别人家的猪呢，就走近想轰走。但她一走近大吃一惊，"这不是天天想的'神猪老李'吗！它什么时候回来的？"她走过去用手去摸它没有尾巴的屁股。然后三丫进屋把她的大大二愣子和娘叫出来。一家人静静地围着"神猪老李"看，像看一件一亿年前出土的活古董，像在琢磨人世间从来没有遇到过的事情，像在拷问自从有了人世，那血管般大江大河能否倒流？

　　"真是'神猪老李'！千真万确！"一家三口同时在心里说。

　　"神猪老李"身上那英雄的血一样的红布没了，取代的是原野的青草末，它肚子瘪瘪的双眼通红，而且眼角还有点眼屎。县城到青春庄也有二百多里地，不难看出，它是想我们了想得厉害了才逃回来的。它是半路咬断绳索跳车跑回来还是到了县城被卸下来时跑回来的呢？总之，这都不重要了，重要的是全家人此刻失而复得，个个喜上眉梢，欢天喜地呢！

"还不快进屋取食来喂它！"二愣子话音未落，阿凤已跑进屋里，不一会儿就端出了新鲜的猪食来喂它。

"神猪老李""叭叭叭"香甜地吃着，吃着和人一样爱吃的玉米。

2015 年 1 月 12 日 23 点 58 分

2015 年 2 月 12 日 18 点 30 分校对完，第一稿，同江泰富

2015 年 2 月 21 日 9 点 02 分第二次校对完，同江泰富

图书在版编目（CIP）数据

乌苏里船歌 / 孙玉民著 . -- 北京：作家出版社，2017. 10
（中国少数民族文学发展工程·出版扶持专项丛书）
ISBN 978-7-5063-9743-8

Ⅰ. ①乌… Ⅱ. ①孙… Ⅲ. ①中篇小说 – 小说集 – 中国 – 当
代 ②短篇小说 – 小说集 – 中国 – 当代 Ⅳ. ① I247.7

中国版本图书馆CIP数据核字（2017）第260830号

乌苏里船歌

作　　者：孙玉民
责任编辑：史佳丽　李亚梓
特约编辑：张绍锋　郑　函
装帧设计：孙惟静
出版发行：作家出版社
社　　址：北京农展馆南里10号　　　邮　　编：100125
电话传真：86–10–65930756（出版发行部）
　　　　　86–10–65004079（总编室）
　　　　　86–10–65015116（邮购部）
E–mail:zuojia@zuojia.net.cn
http://www.haozuojia.com（作家在线）
印　　刷：北京玺诚印务有限公司
成品尺寸：170×240
字　　数：100千
印　　张：10
版　　次：2017年12月第1版
印　　次：2017年12月第1次印刷
ISBN 978-7-5063-9743-8
定　　价：36.00元